Basura para dos

Basura para dos

Ignacio *fernández*

Prólogo
Carlos Salem

El viaje es, hasta que se demuestre lo contrario, el mejor motor de cualquier narración. Por lo que tiene de imprevisible. Porque el decorado se renueva, ofreciendo en cada página una nueva mirada posible, algo que nos transporte lejos de lo cotidiano y nos prometa un futuro que acaso no será mejor, pero será diferente al que los demás planearon para nosotros (o nosotros dejamos dibujar por simple pereza vital).

Sea como sea, quien se va no es quien se marchó.

El camino no cambia, pero los caminantes, sí.

Eso nos enseñaron y eso aprendimos.

Esta novela habla del engaño de esa premisa.

Se maneja en dos momentos que parecen separados entre si como dos hemisferios, pero que acaban siendo dos caras de una moneda que siempre caerá de canto.

Hay un viaje narrado en presente, como si continuara ocurriendo, por las carreteras más recónditas de Estados Unidos y con un narrador que, pese a trasmitir la indolencia de una juventud incurable, deja asomar también la plácida calma de quien ya sabe que el único futuro es la ausencia de futuro.

Cada coche al que sube, cada cafetería polvorienta a la que entra, cada compañía a la que se asoma, siguen estando presentes, siguen ocurriendo, aunque ocurrieran como si no le importara.

Y paralelamente, narrado en pasado, lo que ocurrió después, solo meses después, con el mismo narrador ya de regreso a un Madrid que acaso un año antes se le quedó pequeña o le dolía demasiado. Comparte con su yo que mentalmente sigue de viaje, cierta apatía, que en su caso se intuye impaciencia, ganas y miedo de que algo cambie o estalle.

Y enmarcando este retorno aparente, dos mujeres, Charo y Raquel, tan perdidas como el narrador, compartiendo cama y dudas, también como si no importara, porque los tres sospechan que nada importa demasiado.

Charo y Raquel, yendo o viniendo del próximo desastre, en una ciudad que a fuerza de esperar rotundas transformaciones sociales, se conformó con los sucedáneos asequibles; viviendo la libertad como una provocación que ya no escandaliza a nadie, porque con más o menos luces de neón, todo sigue igual.

Mucho se ha escrito sobre una época en la que nos creímos libres y nos quisimos demasiado o demasiado poco. Pero pocas veces se nos muestra la profunda soledad de tanta gente amontonada.

En esta novela se aborda esa resaca vital de la mejor manera posible, es decir sin moralejas ni manifiestos tardíos. Todos miran el presente y el incierto futuro con la detenida mirada de quien sabe que el tren que esperaba ya pasó o acaso nunca llegue.

El estilo conciso elegido por Ignacio Fernández para contar esta historia no podía ser más adecuado. Dice tanto por lo que dice como por lo que calla. Y el eco de esos silencios resuenan como truenos todavía por sonar, rayos que acabarán por caer.

Volviendo al principio de estas palabras, la novela es la historia de un viaje que son dos: el que continúa ocurriendo aunque haya pasado, y el viaje aparentemente inmóvil del mismo hombre asomado a su balcón de la Plaza de

Santa Ana como si fuera el puente de mando de un barco insuficiente, atisbando la tormenta que viene, deseándola casi.

Salir para buscarse donde uno no está. Volver para desencontrarse. El protagonista de esta novela, como tantos y tantas, acaso confundió el viaje con la huida y el retorno con la mágica tecla REW que permitía retroceder la vida como lo hacían aquellos prodigiosos *walkmans* con nuestra canción preferida.

Ignacio Fernández nos ofrece una narración de tiempo lento, porque por dentro el tiempo corre como el viento en las carreteras más desoladas de esos Estados Unidos donde ocurre la mitad de esa excelente novela.

Un viento que puede llegar hasta Madrid para cambiarlo todo, aunque en realidad, parece pensar el protagonista, lo único que cambia es el decorado.

La ausencia de aplausos es la misma, y el telón acaba por caer, tarde o temprano.

Carlos Salem
Escritor
Enero 2020

Esa noche no la olvidaremos. Nunca

Estados Unidos costa oeste 1990

Cuando me largo, cerca de las doce, del barrio más próspero y tranquilo que jamás haya pisado, en la habitación no quedan muchas cosas. Solo un par de libros, unas casetes por los suelos y un póster del capitán Furillo con algunos policías de Hill Street detrás de la puerta.

Miro el cuarto por última vez. Cierro lentamente.

Allí quedan los deseos, una mujer pelirroja casi desnuda con un hilo de saliva en la boca, unas bragas azul turquesa en la moqueta y un vídeo de Christy Canyon follándose a un paciente en la cama de un hospital.

Bajo al vestíbulo, en la calle hay un taxi esperándome.

Tiro las llaves al buzón. Corro la verja de madera.

El sol de Santa Fe brilla como nunca.

Albuquerque. San Luis.

La terminal del aeropuerto y la maleta que avanza por la cinta rumbo a las tripas del avión. Próxima parada, Nueva York.

Acabo de terminar la segunda bandeja de comida. Por la pequeña ventana un paisaje azul y amarillo.

Aeropuerto Kennedy. Pasaporte de salida a Madrid. 8 horas de espera.

He comprado unas chocolatinas. Miro los titulares de las revistas y me decido por una de vanguardia con portada roja y la última aventura de Moebius.

Aquí hace frío. Autobuses metálicos trasladan gente al centro de la ciudad, conductores psicópatas se pierden por carreteras como venas, cruzando puentes, túneles y descampados arenosos. Un gigantesco panel de horas con salidas y llegadas. El servicio de limpieza de la terminal abrillanta el suelo a ritmo de merengue.

Vamos por la mitad del océano, entre grietas de agua y nubes. El día nos sigue.

Empiezo a dormir recordando la otra noche en Short, pensando en las medias rotas de la mujer que dejé hace unas horas y en sus pantalones cortos de cuero negro.

Entre sueños fotografío mi estancia aquí, y lo que me espera en Madrid.

He pasado un año conociendo el país, recorriendo cientos de kilómetros por autopista. He tomado el peor café del mundo, dormido en moteles de cinco Estados y me han robado unas cuantas veces. Pero aún así, lo haría todo de nuevo.

Oigo en el *walkman* canciones de Van Morrison. Acabo con la cabeza hundida en el asiento de un tipo gordo, que no deja de mascar chicle, «porque hace dos semanas que no fumo y la mierda de pastillas que estoy tomando me provocan ansiedad».

—Lo sé —le digo mientras nos abrochamos el cinturón.

El trayecto se ha hecho corto. La música suena como un *single* a 33 r.p.m.

Apago el Sony. Pido un zumo de manzana. Me despejo pasándome una toallita con olor a limón por la cara y voy al lavabo en tierra de nadie.

Apuro la bebida. Por el altavoz nos dicen que hay 14 grados en Madrid.

—¿Qué haces, hijo? —me pregunta el exfumador, apretándose el nudo de la corbata de rayas azules y rojas.

—Vuelvo a casa —le respondo, al tiempo que coloco el asiento en posición vertical.

—¿A qué te dedicas? —pasa la mano por su nariz, moviéndola de un lado a otro.

—Estuve un año viviendo allí.

—Yo soy de Colorado, espero ver a esos jodidos europeos, se dice así ahora ¿no? Mañana estaré en París comiéndome una docena de ostras —se rasca la oreja.

—Estupendo —Me ajusto el cinturón.

—Muchacho, toma mi tarjeta, si alguna vez regresas, llámame. —Sin que me diera cuenta, como un mago, la ha sacado no sé de dónde y me la pone en el bolsillo de la camisa.

—Gracias —ni siquiera me molesto en ver su nombre, su cargo, ni su jodida empresa.

—Software industrial —añade, en vista de que paso bastante de él.

—Buen viaje.

Cierro los ojos cuando las ruedas tocan la pista y el paisaje corre en sentido contrario.

Madrid centro 1990

Barajas está en obras, como medio país. Levantado por los especuladores y las contratas, todo el mundo hace agujeros, algunos hasta no paga comisión por romper el sueño de la gente día y noche.

Llego a la sala de equipaje. Esperamos treinta y cinco minutos. Cojo la maleta y busco la parada de taxis.

—Plaza de Santa Ana, esquina Núñez de Arce.

Hace una tarde de las que me gustan, nublada. Llueve con ganas, el tráfico es un caos, pero estoy aquí.

Camino de la avenida de América veo los primeros destellos de auténtica ciudad.

La radio suena dando la situación de las próximas manifestaciones, cómo estrujar las calles para escapar, la temperatura, la hora y todas esas cosas que los malos locutores dicen cuando están escasos de recursos.

Lo sé muy bien. Empecé haciendo radio, me despidieron por decir tantas veces eso mismo.

Madrid no me sorprende, la veo como la dejé, áspera, gris, ruidosa.

—¿Le vale en esta acera? —Me suena tanto esa expresión. La echaba de menos.

—Sí, ¿qué le debo? —Le tiendo uno de diez mil pesetas de un puñado de billetes.

—Joder, cómo está la peña. No tengo cambio, colega. Mira a ver si tienes suelto.

El taxista es de esta ciudad.

Busco hasta soltar lo que tengo.

—¿No te importa sacar tú la maleta? Si me bajo, la van a armar.

Llueve. Cierro la puerta.

La plaza está ahí, donde siempre, pero no como siempre.

Me resulta desconocida, distante, aún no sé por qué.

El teatro, unos bancos y sus camellos. Subo a casa. En la entrada, junto a una lámina de Walesse Ting, un helecho en buen estado. Conecto el interruptor de la luz general y arrastro con los pies la maleta hasta el salón.

Todo igual. Pongo la calefacción. Enciendo un cigarro y me siento en el sofá.

Me descalzo. Me quedo dormido.

Son cerca de las diez de la mañana. Un dolor en el cuello me despierta. Abro los ojos. Enfrente, estanterías repletas de libros y revistas, y el tabique que pierde pintura a escamas.

Perezosamente miro por el balcón y el día no está mal, ácido como mi lengua.

Sin pensarlo, me largo a por un café con leche y churros.

Cuando estoy a punto de ver la luz de la calle, sale la portera.

—Buenos días. ¡Cuánto tiempo! ¿Qué tal le ha ido?

Pregunta sinceramente.

—Bien —quiero salir a la calle.

—He subido a regarle las plantas —habla despacio.

—Muchas gracias.

Pasa por delante del portal una pareja de adolescentes con carpetas negras. Deseo traspasar la puerta de madera.

La mujer se limpia las manos con el delantal, entra en la portería llena de folletos de Alcampo y sale con un montón de cartas.

—Tome, se las he ido recogiendo. Últimamente vienen menos.

Tiro del asa de la bolsa de Los Guerrilleros donde las tenía guardadas.

Salgo en busca de aire con los ojos bien abiertos.

—¡Espere! —grita cuando piso la acera—. Los recibos de la comunidad...

Muestra otro fajo de papeles.

—Le pago cuando vuelva.

Miro hacia la derecha, veo las primeras palomas en la cabeza de la estatua.

—No se preocupe, vaya, ande, vaya —el rumor de sus palabras se pierde por el pasillo.

Acabo ante una mesa de formica verde con un desayuno de la casa, leyendo todo el correo del último año.

Voy al banco, la cuenta está lisa. Esperaba una transferencia. Pido números rojos.

Yo también quiero hacer agujeros.

Compro leche, fruta, huevos, algo de carne, una tableta de chocolate, pan fresco y una botella de aguardiente de cerezas. Intento subir las escaleras silenciosamente para que no me oiga la portera.

Es inútil.

—Los recibos.

—Tome. Seis billetes de cinco mil. ¿Habrá suficiente?

—Mi marido echará la cuenta. Vaya, que anda cargado.

Cierro con llave.

Pongo la lavadora.

Me ducho con la espuma de un jabón de California.

Madrid norte

—¡Estoy harta! —grita mientras termina de subirse las medias—. Harta de ti, de estas gilipolleces. Te vas a quedar aquí, tú y tus mierdas, ¿entiendes? Hago la maleta y me voy, imbécil. Se aprieta las manos con el remordimiento de haberse tirado un farol fuera de tiempo.

Muerde sus labios con rabia, se pasa nerviosamente los dedos por el pelo.

Se echa a llorar.

La habitación está desordenada.

Algunos CDs de música clásica. Unos libros de Agatha Christie. El edredón cargado de apuntes sueltos. Unas sábanas de color crudo fuera del colchón. En la pared, una estantería de madera con carpetas rojas y negras. Animales de plástico, velas de olor y mecheros. En la mesa, una lámpara halógena, fotocopias alineadas, la pluma y una taza con restos de té.

Cerca del radiador, una gato acurrucada dormida sobre una alfombra.

En una silla, Juan se ata los cordones de los zapatos con energía.

—Muy bien, vete, pero hazlo de una puta vez, no me vengas con historias, ni amenazas de niña boba. ¡Vete! —Chilla sin mirarla.

Coge la cazadora que estaba encima de la pantalla del ordenador, se la pone y se marcha.

Raquel se tumba en la cama con su malla negra de ballet y un jersey de lana rojo.

Mira al techo.

—¡Hijo de puta, me voy! Este niño de mierda, qué se habrá creído. ¡Cabrón! Aquí le dejo, con su putita, su coche y su piso. Me largo.

Pasa los dedos por sus mejillas para secar las lágrimas y mira al gato.

—Roxanne, ¿qué hacemos, ahora?

Y de nuevo se echa a llorar.

Madrid centro

El teléfono suena.

—¿Sí?

—Hola —conozco la voz, pero no logro identificarla.

—Soy Charo. ¿Qué tal por los USA?

—Bien. Oye, espera un momento —me acerco al equipo y cojo un cigarro—. Tenía la música muy alta. Dime.

—¿Dime? Dime tú, que te has tirado un año por ahí— habla como si hubiéramos dormido anoche juntos.

—Bueno, no ha estado mal —comento sin muchas ganas.

—¿Quedamos y me cuentas?

—Vente a casa. Estoy arreglando un poco esto.

—¿Sobre las siete y media?

—Muy bien.

—Nos vemos.

—Hasta luego —cuelgo dando una calada.

La facultad nos había unido.

La filmoteca y el museo de Arte Moderno hicieron el resto. La veía salir con alguna de sus amigas en un Dyane 6 de los soportales de Moncloa. Ella también estaba en la Complutense. La carrera era aburrida, solíamos quedar después de las clases en un bar de Argüelles para hablar de libros, política y recitales en colegios mayores. En aquel ambiente nos presentó Pedro, un amigo común.

Charo estudiaba Económicas, vivía en un piso en la calle Trafalgar, compartido con dos chicas que hacían sus estudios en universidades de pago.

El clima de Madrid le sentaba muy bien. Venir de Cartagena a estudiar, encontrarse con tiempos revueltos para vivir casi sola era una conquista.

Guapa. Solía llevar unos vaqueros negros y unas bonitas camisas a cuadros de felpa. Detrás de aquellos botones siempre desabrochados nacía el deseo. Sus tetas tiraban de un sujetador blanco copa D. En invierno se cubría con un pañuelo de seda y los colores variaban dependiendo de la camisa del día. Verde, fucsia. Cuando las cervezas y el humo se habían hecho cómplices, Charo desataba el pañuelo dejando entreabierto el canal que separaba dos montañas terrosas y firmes. Sus ojos tenían el misterio de la perpetua humedad. Llevaba una cazadora de napa con piel de borrego por dentro, que compró una mañana en El Rastro. No se la quitó hasta que llegó la primavera.

En ese bar jugábamos a emprender una revolución obrera, a planear viajes de solidaridad internacional, a construir comunas en la serranía de Granada y Almería. Soñábamos con descorchar champán cuando el general muriera. Allí también escribíamos versos y sobre todo bebíamos.

Estoy sentado mirando la plaza por la ventana, con los pies encima de la mesa que hay en el centro del salón.

Unos niños corren, sus madres también corren.

No puedo resistirme.

Estiro el brazo, cojo unos folios y el bolígrafo Bic punta fina, pongo letras en un papel sin pensarlas.

«Atardeceres rojos. He cambiado una rueda en medio del desierto. Escribo tumbado en el asiento del coche, mientras dos polis pasan mirándome. El viento mueve el polvo sobre el asfalto. Escucho música soul y creo estar viendo *Bagdad Café* en los Alphaville».

»Regreso a casa no muy tarde, cuando empieza a silbar de verdad la noche. La señora Purcell me invita a tomar un vaso de limonada y un plato de almendras con miel. Un pueblo solitario, perdido entre las ruinas de un convento. En la única cantina, las canciones se agitan pidiendo venganza y más tequila. Me limpio el sudor. Qué cojones hago aquí. Pido otro trago que sube como la pólvora hasta mi garganta, de allí sale blanco y fluido para perderse en la tierra, lo escondo empujando con la punta de la bota en un poco de arena. Vuelvo al mismo lugar de la barra que sigue vacío, porque allí se respeta una mala subida. Vomitar es lo mejor para seguir bebiendo».

—Desde luego, la vida debe de ser muy diferente —comenta Charo mientras mete su dedo en el vaso para disolver el hielo.

—Sí, mucho. ¿Y tú, qué tal? —Apuro de un golpe lo que queda, el cristal brilla transparente y cereza.

—Bien, bien. La historia con Armando acabó. Tuvo que marchase, encontró un trabajo en Santander, yo pasaba de irme. Y fuera. Terminó.

—Alcánzame la botella.

—¿Sabes que tu casa siempre me ha gustado? ¿Dónde vivías allí?

—Según...

—¿Según qué? —Se quita los zapatos.

—Según dónde estuviera. A veces mal, a veces bien. —Miro sus ojos.

—Eres la leche. ¿No te gusta hablar de esto?

—No. —Me fijo en el colgante de su cuello bajando hasta el pecho.

—¿Por qué?

—Ahora estoy aquí. —Paso mi dedo índice por su garganta.

Estamos sentados en la alfombra en la que jugaba de

niño. Allí, imagine llanuras con jinetes de plástico galopando hasta el refugio de una pata del sillón, donde esperábamos impacientes a los indios que, de un momento a otro, aparecerían detrás de la loma de un cojín con puntillas.

Charo y yo apoyamos la espalda en el sofá como dos progres que se acaban de conocer. La botella enfundada en destellos por donde se cuela la luz de una lámpara comprada en L&M.

La miro con más ansiedad que ternura, acerco mis labios a su boca suavemente. Desde el *compact* Prince nos invita. Desabrocho su camisa recordando la última vez que lo hicimos y me excito. Fue una fiesta de carnaval en un piso de la calle Fortuny. Lavándonos las manos en el servicio de aquella casa, apreté mi antifaz de terciopelo de Conde Drácula sobre su cuello de Cleopatra. Recorrimos con nuestras lenguas desde el Nilo a Transilvania sin movernos de las baldosas en blanco y negro del cuarto de baño.

Sus muslos encima de la cisterna. Éramos dos animales saliendo. Abrí la túnica blanca con los colmillos de plástico pintados de rojo y los clavé en sus bragas. Sobre el vello, boleros y merengues. La mano acarició con ternura la bolsa de los milagros. Mojó con su saliva densa, por una mezcla de coca y Baileys, mi glande morado y caliente.

Son casi las dos de la madrugada.

Charo desnuda en mitad de mi cama, yo fumando un cigarro en el escritorio.

Una pantalla de luz silenciosa, unas cuartillas y la pluma estirándose en las líneas.

—Oye tío, ¿tú no eres de aquí? —preguntó, echándose desodorante dentro del camisón morado.

—No —Me quité las botas.

—Venga, sácala y empieza, que no tengo toda la tarde. Son 7 pavos —agita el espray directo al sobaco.

Tiré los pantalones.

—Estarás legal, no quiero tener problemas con los jodidos mexicanos —aprovecha para fumigar y ambientar la habitación.

Se baja el tanga de leopardo y, en cuatro metros cuadrados, con unas luces rojas y restos de pizza, follamos. Huele a Rexona, flujo y *mozarella*.

—Te cojo un cigarro. Hace mucho calor —se limpió el sudor de los pechos con un *kleenex*—. Aquí no para nadie y esta mierda de ventilador cada vez tira peor.

Absorbió el Marlboro. Sus tetas se hincharon, haciéndose más grandes.

—¿Adónde vas?

—No lo sé —entré el último botón en el ojal del vaquero.

—Déjalo ahí —puse la pasta encima de una mesilla repleta de condones y pastillas.

Terminé de calzarme.

Ella seguía tumbada en la cama, tocándose un lunar muy cerca del ombligo.

—¿Tienes problemas? —Me miró con ternura.

—Los mismos que tú. Y algo de calor.

Abrí la puerta. Un soplo azulón golpeó las Rayban de sol.

—Vuelve cuando quieras, cariño. Soy Louis. Thelma está de vacaciones con su marido.

Paré en una gasolinera.

Me lavé la cara, acaricié con una bayeta el cristal delantero del coche.

Algunas carreteras te llevan.

Suena el teléfono.

—¿Sí? —Estoy desnudo mirando la plaza.

—Hola.

Hay un silencio.

—Hola ¿Quién eres? —Trato de averiguar.

—Soy Raquel.

Otro silencio.

—¿Raquel? —Sostengo el auricular entre la cabeza y el hombro.

—La novia de Juan.

—¿Juan? ¿Qué Juan? —Hago girar la rueda del mechero.

—Estuvimos el año pasado en la presentación del libro. Juan Arce, de tu editorial.

—Juan, sí, sí ya caigo —me suena—. ¿Le ha pasado algo?

—No. A él no.

—Entonces...

—Estoy jodida, tío. Hemos tenido unas palabras y ha dicho que me largue. Estoy en casa pensando, sin saber qué hacer, he visto el libro que tenía pendiente por leer en la mesa y dentro tu tarjeta —lo cuenta de un tirón, sin cambio de ritmo, ahora parece muy segura.

Yo sigo sorprendido.

—¿Sabes lo que pone?

No lo recuerdo.

—«Una chica tan guapa con un ejecutivo tan cabrón. Besos, Eduardo». Y tu número de teléfono. ¿Tienes sitio en casa? Solo serán un par de días, hasta que encuentre algo.

—Bueno... ¿Sabes donde vivo?

—Aquí está , Plaza de Santa Ana. Voy para allá.

—¿Ahora? —Apoyo una mano en el marco de la ventana.

—Sí, no quiero que Juan me encuentre cuando vuelva. Oye, Roxanne viene conmigo.

—¿Tu hija?

—No, mi gata.

Cuelgo. Cruzo el salón. Entro en la cocina a tomar un vaso de leche.

El suelo está frío.

Asomado al balcón veo las últimas columnas del placer deslizándose suavemente por la calle. Puedo intuir la tristeza de otras miradas, la densidad de su sangre.

Son refugiados sin patria ni nombre, jóvenes huyendo de la pobreza con un pasaporte a la miseria. Solos, sin esperanza, con las manos tan vacías como sus tripas.

Están aquí en Madrid, puerto franco, parada fugaz.

Destino, la inundada Europa.

Con un futuro como su piel.

—¿El permiso de residencia? Muy bien. Mañana empiezas. Tienes que coger las bolsas, ponerlas en la caja, llevarlas al palé y precintar con cinta adhesiva. Seis dólares la hora menos uno de impuestos. Aquí a las ocho. Media hora para comer. No se puede fumar dentro. Dos minutos para mear. ¿Alguna pregunta?

Conseguí una pensión digna, había gente normal, la patrona fregaba los días festivos, y nunca preguntaba cuando ibas acompañado.

Lugar de citas, refugio nocturno para cuerpos acostumbrados al sexo clandestino. Paredes de seda por las que se filtraban sonidos inesperados, desde el temblor dulce de un orgasmo, al grito quebrado de una sodomía. Era como vivir en la cabina de un *sex-shop*.

Tumbado en la cama veía moverse los visillos del amplio ventanal. Esperaba estar allí el tiempo suficiente para ahorrar algo y huir.

Procuraba salir poco, comía en un *snack* cerca de la fábrica. Llegaba temprano. Una taza de café del termo que la mujer de Romeo había preparado la noche anterior y nada más.

Hacía mi trabajo. Pasaban las semanas cargadas de días, siempre los mismos días.

Cuando me pillé los dedos con unas cajas y tuvieron que vendarme la mano, esperé lo peor.

Y acerté.

—No vuelvas mañana y buena suerte.

El capataz con camisa a cuadros era una nube de humo, su cogote un solomillo con pelos.

Saboreó una calada del puro, me dio una palmada en la espalda y se fue.

No había hecho amigos.

No los quería.

Ponerme cada mañana el delantal de cuero era mi única misión.

Madrid centro 1990

Raquel viste pantalón de cuero, camisa blanca, pañuelo en la garganta y una cazadora de ante cruda, los puños doblados de la manga asomando.

Los labios agrietados, resecos. Unos ojos marrones transparentes, con unas sensuales bolsas azules debajo de unas pestañas de rímel improvisado.

Sobre los hombros, un gabán gris oscuro.

—Buff, me ha costado llegar. Ni un taxi libre. Oye, perdona, pero estaba desesperada, no sabía qué hacer. El mierda de Juan me tenía secuestrada. Llevo un año preparando las oposiciones para fiscal. Sin salir. Follando, y estudiando de lunes a domingo, ni puentes, ni fiestas, ni nada. Estoy hecha un trapo —dice mientras frota los pies sobre el felpudo de la puerta.

—Pasa, no te quedes ahí.

Empuja la maleta por el pasillo. La gata salta de sus brazos, da una vuelta a la habitación, gira en una maceta, acerca el hocico a un revistero, alza las orejas delante de la puerta y sube al sofá.

—¡Roxanne, ¡bája de ahí ahora mismo!

—No importa.

—Te recordaba más joven. ¿Dónde dejo esto? —Trae también una bolsa de Mango.

—Ponlo aquí.

Le enseño el sofá cama.

—Está muy bien. ¿Qué hora es? — Tira la cazadora sobre la mesa.

—Las tres y media. Ahí tienes sábanas.

—Oye, perdona otra vez. En un par de días me voy —dice mientras desanuda el pañuelo de seda negro con siluetas de toro en rojo.

—Cuando te parezca. ¿Quieres tomar algo?

—No, gracias. ¿Tienes leche?

—Sí —señalo la cocina.

—He traído su tazón. Roxanne no bebe en cualquier sitio.

—A los gatos no les gusta la leche — digo mientras apuro mi vaso.

—No le va a quedar otro remedio —se acerca al frigorífico y saca un *tetrabrik*. Llena el tazón sobre el suelo, cerca de un armario de aluminio blanco.

—Raquel, me vuelvo a la cama.

—Muy bien, me arreglo sola.

Paso los dedos sobre la cabeza de Roxanne, suave y limpia.

Abre la boca.

Una gata simpática. Apago la luz del salón.

En la habitación, Charo sigue durmiendo caída del cielo, ocupando espacio, disfrutando nuevos sueños.

Cuando vi el Pacífico me quedé mudo.

La carretera corría sobre un frente rocoso de acantilados. Era la mítica Costa Oeste.

Me acompañaban un par de tíos que recogí por el camino. Iban a San Francisco. Se liaban un canuto tras otro, oyendo a Tom Waits. Recién salidos de la universidad.

Paré el coche en un terraplén de piedras desprendidas.

Con el cuaderno en las piernas, escribí sin parar.

Era una maquinilla eléctrica en busca de barba.

—¿Quieres? —Steve llevaba un pañuelo liado a la cabeza.

Fumé. El aceite hacia surcos negros en el papel de arroz.

—Clark, tráete las cervezas.

Estábamos allí los tres como salidos de *On the Road* veinte años después, mirando el paisaje.

—Español, ¿te gusta esto? —El aire movía las velas inflando nuestras camisas.

—Sí, no está mal —Me quité las gafas para bañarme de luz.

—Veras qué tías hay por aquí.

—Eso espero —cerrando los ojos aún veía el color.

Bebí más cerveza, encendí otro cigarro.

—¿Llamaste a Lory? —Clark tenía un pañuelo atado a la muñeca.

—Sí, nos esperan esta noche donde siempre —contestó Steve.

—Bien, español, te vas a enterar de una puta vez en qué consiste el sueño americano.

—Eso espero — repetí.

Puse a Blondie, la mujer rubia balanceaba la tierra con alegres *riff* de guitarras.

Cogimos de nuevo la carretera. Conducía despacio, mirando los acantilados. Algunos mosquitos se estampaban contra los faros.

—Me gusta —gaviotas y espuma, un hermoso cuadro impresionista.

—Clark, le gusta.

Rieron, golpeando con las zapatillas de lona el suelo del coche.

Paramos en una gasolinera proyectada con tiralíneas. El sitio de los camioneros que vienen del norte. Tomamos carne, patatas y ensalada.

—Invita el pueblo americano.

—Gracias.

—Vámonos. Dale caña o no llegaremos a la hora.

El sol pegaba.

Íbamos como tres aventureros en busca de El Dorado, mordiendo kilómetros y estaciones de Texaco.

Son las once de la mañana. Sigo durmiendo. Acumulo los recuerdos de una mujer en una erección.

—Buenos días. Soy Charo.

—Hola. Yo, Raquel. Esta es Roxanne.

—¿Has pasado la noche aquí?

Charo se hace una coleta, mientras aprieta con los dientes una goma.

—Sí, llegué un poco tarde. ¿Tú estabas? —cruza los brazos.

—Durmiendo, no me enteré de nada. ¿Qué haces?

—Ya ves —Raquel mira hacia los apuntes—. Empiezo a estudiar, siempre lo hago antes.

—¿Conoces a Eduardo? Sí, claro, qué tontería —ha terminado la operación de recogerse el pelo.

—No, no le conozco. Estuve hace un año en la presentación de su libro, solo le vi unos minutos —araña suavemente su antebrazo—. ¿Y tú?

—Desde hace tiempo. Nos conocimos en la universidad. Acaba de volver de Estados Unidos —abre los ojos para intentar desperezarse. Pasa un dedo por debajo de las pestañas y arranca una raíz seca del lagrimal.

—¿Ha estado fuera? —Raquel coge un lápiz y golpea la punta sobre un papel.

—Sí, lleva un año por ahí.

—Justo desde que le vi por primera y última vez. Claro,

el pobre habrá alucinado cuando le llame para decirle que venía. —ahora garabatea en un *post-it*.

—Es posible, llegó ayer. ¿Te apetece un café?

—Sí, gracias, voy contigo —tira el Staedtler Noris. Sobre la mesa ruedan rayas amarillas y negras.

En la cocina, apoyada sobre el frigorífico, Raquel habla ajustándose el cinturón de algodón sobre su cadera.

—Estoy mal, muy mal.

—¿Qué te pasa? —Echa agua hasta la marca de seis tazas en una cafetera de filtros desechables.

—He mandado a la mierda cuatro años de vida con un tío —su voz adquiere un tono confidencial. Se lleva uno de los pliegues del cuello del albornoz a la boca, lo mordisquea.

Charo empieza a reír mientras aprieta el botó rojo de *On* en la cafetera.

—Me pasó lo mismo —mira a los ojos de Raquel.

—¿Qué tal lo llevas?

—Psst. Ahora confirmo que los tíos son todos unos cabrones —sentencia Charo cuando cae la primera gota de café.

—A mí lo que me jode es que te vigilen, no lo soporto. —Mira el trozo apelmazado y húmedo que ha dejado en el tejido de algodón.

—¿Te vigilaba? —Sonríe Charo.

—Quería que estuviera todo el tiempo en casa. Estudiando, follando, estudiando. ¿Tú crees que es normal?

—Bueno, al mío le daba por ir todos los fines de semana a la sierra.

—Pero eso está bien — Raquel se entusiasma.

—Sí, hasta que te hartas de dormir en saco, comer tortilla de patatas y aguantar tres horas de caravana. ¿Sabes lo que es salir todos los fines de semana? —Mueve los dedos enumerando los días.

—Acabará siendo un coñazo. ¿A qué te dedicas?

—Trabajo en una aseguradora. Soy economista. Llevo el departamento de exteriores. Me paso la mañana y la tarde hablando por teléfono, pasando recaditos.

—¿Se te ha hecho tarde hoy? —Raquel sostiene la taza con las dos manos.

—No. He cogido un par de días—mira a la gata.

—¿Por qué no te vas al campo?

Charo viste una camiseta que le llega a la altura de los muslos. Tiene puestas mis zapatillas.

Entro en la cocina con el sueño en mis párpados todavía.

—Buenos días. ¿Os conocíais?

—De vista —responde Charo, guiñando un ojo a mi nueva amiga.

Lleno de café una jarra con la cara de John Lennon.

Acaricio a Roxanne, que no interrumpe su limpieza.

—¿Qué tal, Raquel? ¿Cómo te encuentras hoy? —Pregunto.

—Mucho mejor, gracias. Oye, no sabía que habías estado fuera. ¿Escribiendo, tal vez?

—No, estudiando inglés. —Me doy la vuelta.

Charo se acerca a Raquel, le murmura al oído:

—No le gusta hablar de eso.

—Y yo qué sé —contesta en voz baja.

—Tú, pasa.

Aprieto el mando a distancia de la televisión. Raquel se acerca.

—Si te molestan, los quito —señala a los libros de la oposición.

—No, no, déjalos.

—Charo, ¿te gusta este tío?

En la pantalla, Willy DeVille.

—Sí, mucho.

Subo el volumen. Pongo el monitor en blanco y negro. Roxanne pasea por el salón. Mientras, *Could you, would you* suena solo para nosotros. Esas guitarras y esa voz nos preguntan de dónde hemos salido, por qué estamos aquí. El macarra de Willy sabe algo y nos lo está contando.

Estados Unidos 1989

Llegué a la casa de Bill, estaba cerrada. Me acerqué a Queens. Encontré a Candy. El color rosa de las paredes, los taburetes azules, una música pegajosa y algunos negros, era lo único que no había cambiado desde la noche anterior.

Candy era delgada, muy morena, llevaba un vestido gris perla muy corto.

Pedí un *bourbon* con hielo.

Un muchacho pelirrojo con traje de Armani y un diamante en la oreja se acercó para pillar coca. No estaba de servicio. Candy caminó hacia mí, apoyado en la barra golpeaba con la punta de la bota la pata de una banqueta.

—Ey, tío, cuánto tiempo —dijo. Ayer nos habíamos encontrado en ese mismo sitio.

—¿Has visto a Bill?

—No. ¿Te pasa algo? —contestó,inquieta.

—Olvídalo. ¿Qué quieres tomar?

—Zumo de pomelo —pasó su lengua entre dos dientes grandes y perfectamente separados. Movía los ojos con la música. Balanceaba sus caderas al ritmo de unos inmensos brazos que le colgaban de unos hombros delgados.

—¿Cómo lo llevas? —La cogí por la cintura.

—Bien. Acabo de meterme un acidito en muy buenas condiciones, pero necesito algo más.

—Voy un momento al servicio.

Me llevé la copa. Dentro del váter, un tipo rubio, algunas chicas compartiendo unas rayas, y unos cuantos mirones pasados de fecha, por lo tanto no aptos para consumir.

Estuve dando una vuelta por el club.

Me apoyé en una columna.

Miraba a ráfagas intermitentes a una niña de unos dieciocho años con el pelo corto y medias naranja. Hacía ondas con los brazos, componiendo figuras que estallaban con *flashes* luminosos. Hablé un rato con ella. Miraba y reía haciendo flotar sus manos. Quedamos para más tarde. Estaba muy, pero que muy rica.

Salí de Queens sin despedirme de Candy, tal como entré.

Cogí el coche y atajé por una paralela del lado Este, rompiendo el bulevar en dos, en busca del Biancora.

—Entrada reservada, amigo —me dijo un negrón de dos metros, muy mazas, con una chaqueta de lino rosa totalmente arrugada.

—¿Bromeas? Estoy aquí todas las noches.

—El que bromea eres tú. Yo sí estoy aquí todas las noches y nunca te he visto.

—Soy amigo de Bill, tengo un mensaje para él. Echo un vistazo y me largo. Quédate con esto de fianza —le tendí 5 pavos—. Cuando salga, me los devuelves y me haces un recibo.

—No tardes, bocazas —abrió la cadena de la entrada.

Bueno, estaba en el Biancora.

Aquello no era mucho mejor que los cientos de garitos del otro lado de la ciudad.

Oscuro, con mucho metal y diseño *art decó*. Estética de los 50 con música de los 80.

Me senté en un taburete con forma de jirafa pegado a una barra gigantesca que simulaba ser el anillo de Saturno. Joder, ¿puede haber algo más *kitsch*?

Estaba con el *bourbon* en mi lado del planeta.

Oía y miraba: el juego del amor. Algunos artistas de segunda, un niñato famoso y gente rica del sur.

Nada parecido a Queens.

Esto era más elegante, más asqueroso.

En una de las esquinas vi a Bill con dos tíos. Me acerqué.

—Hola —los tres parecían haber salido de un descanso del rodaje de *Corrupción en Miami*. Chaquetas amplias de color pastel, pantalones ligeros blancos y zapatillas de Julio Iglesias. Coño, iban iguales, llevaban hasta ese cortecito de pelo lateral que les hacía cara de gilipollas.

—Hola, siéntate. Alfredo y Ernesto.

—Bonita camisa —dije a Bill—. Seda negra con aros dorados unidos entre sí. Te cagas.

—Gracias, Edu. Mira, estoy intentando colocar unos gramos, si nos ayudas, te quedas con la comisión.

—Muy bien.

—Bueno, muchachos, en marcha. Nos vemos a las tres en Flamingos —Starsky y Hutch se levantaron con las copas en la mano. Parecían policías en vez de camellos.

Bill y yo apuramos los vasos. Salimos.

Fui a Queens. El pelirrojo del pendiente aún podría estar allí. Golpeé la barra con el anillo de plata regalo de Inma, un árbol lleno de frutas, demasiado aparatoso, pero sonaba a «ya estoy abierto».

Paul giró la cabeza cuando oyó el sonido.

—De servicio —le pasé un cuarto de papelina para sus gastos.

—¿Un escocés?

—Sí —esperé sentado oyendo *acid*.

Paul tenía una camisa espantosa y hortera, pero, joder, era el camarero, estaba trabajando.

Un tío rubio al que creía conocer, se acercó y me puso la boca en la oreja.

—Vale —dije—. A las 3 en Flamingos.

Se fue. Seguí esperando clientes.

De un lado a otro del bar cruzaban sonrisas de deseo.

Vestidos de colores. Zapatos con plataforma. Una película añeja de los Doors. Gente apoyada en las paredes conquistando colinas de placer. Viajes alucinantes con retorno de madrugada, vomitando en algún callejón, con el eco de una música tan pegajosa como las bragas de Candy cuando se desnudaba cada mañana en su apartamento.

Allí estaba yo, echando de menos Madrid.

En ocasiones cerraba los ojos para ver la ciudad y sentirme cerca de la barandilla del Pachá, o de la barra del Torero, pero cuando los abría encontraba a mujeres que dejaban ver sus apretados senos en estrechas camisetas negras. Pantalones brillantes. Culos redondos moviéndose del este al oeste. Todos bailando canciones remezcladas de otros tiempos.

Era un paisaje en tecnicolor. Luces invitando a dejarse llevar por el ritmo. El calor flotando, tan concentrado y viscoso que podía morderse.

En una esquina dos tías juntaban sus lenguas, acariciando sus cuerpos queriendo que la noche no terminara para ellas. Habían conseguido encontrarse después de algunas miradas. Ni el alcohol ni la coca iban a romper el idilio fugaz esperado.

Ahora sus fluidos tendrían ocasión de mezclarse en un cuarto de baño cargado de grafitis en las puertas.

Madrid 1990

Preparo espaguetis en la cocina y me pregunto qué hacen ellas aquí, en esta casa.

Raquel, ocupando mi habitación para ser fiscal.

Charo, haciendo crucigramas tumbada en la alfombra acariciando a Roxanne.

Fuera, el cielo en estado gris permanente.

—Chicas, la comida está a punto.

Nadie contesta.

Me asomo a la puerta del salón.

—Charo, saca un mantel.

Pone la mesa como si lo hiciera por primera vez.

Raquel subraya frases con el Stabilo, repitiendo de memoria en voz alta.

El tomate triturado cae sobre la pasta.

—Raquel, la mesa está puesta.

—Ahora voy —se agacha para coger a la gata—. Hola, bichito. No me haces ni caso. ¿Qué tal lo estás pasando? ¿Bien?

Estamos sentados.

Yo, la casa, y tres desconocidas.

—¿Un poco de vino? —pregunto.

—Sí, gracias. Va haciendo frío. En Madrid, o hace un calor que te mueres, o un frío polar. Yo prefiero la primavera. Levantarte sobre las diez, ir a comprar el periódico. Coger el autobús para el Rastro. Pasear con ese tibio sol de la mañana. Me gusta ver a la gente entrar en los bares. Los abueletes sentados en los parques —Raquel mientras toma un sorbo de Rueda—. Después de comer te tumbas en la cama, el solecito entrando por la ventana, miles de motas de polvo se pegan a la luz, leyendo un libro, buscando paz —suspira.

—No me extraña que lleves tanto tiempo preparando la oposición, con las primaveras que te pegas —bromea Charo.

—Y a ti, ¿qué te gusta? —pregunta Raquel.

—¿A mí? Me encanta coger los folletos de vacaciones y mirar apartahoteles en playas; la columna rosa y amarilla de baja y alta temporada. Pasar un verano entero en el mar, tomando el sol. Comiendo. Bailando por la noche, olvidándome del teléfono, de las citas, de todo. Me veo por el paseo marítimo buscando mi apartamento con cientos de turistas, oliendo a pollo frito, a carbón vegetal en parrillas llenas de pescados. Pienso en las noches, en los morenos con tanga, en una conquista o en un buen polvo de madrugada. Y luego a dormir, dormir hasta reventar. ¡Qué paraíso!

Cierra los ojos. Deja el tenedor en el aire, a medio camino entre el plato y la boca. Caen algunos espaguetis.

—¿Y tú? —me pregunta Raquel.

Charo abre los ojos y termina el bocado.

—¿Este? Este es más raro...

—Coger una silla en un bar, ver pasar dos perros juntos. Quitarme con las manos las moscas. Tomar café con hielo a las tres de la tarde en una plaza vacía con todo el solano dando, oír el ruido de una moto de baja cilindrada. Sentarme en el banco de una estación, mirar los raíles brillantes de la vía de un tren que ya ha pasado. Una casa y macetas. Esperar en una carretera bajo un árbol a que algo suceda.

—Vale, tío —dice Raquel—, que nos vas a contar el Viaje a la Alcarria.

Ríen con pocas ganas.

—¿No querías que contara?

—Lo tuyo es más... poético, pero joder qué aburrido —dice Charo.

Después de comer, tomamos café.

Yo, sentado en el sofá, ellas en los sillones con los pies encima de la mesa.

Fumamos cada uno con su cenicero en la mano.

El día sigue recuperando su color.

¿Tienen las ciudades color?

Algunas sí.

Quién vive en ellas sabe cuando cambia, lo notan, se sumergen, para sentirlo cerca.

Una ciudad sin color es una ciudad quieta.

—Hay sueño —comento.

—Un poco —dice Raquel bostezando levemente.

Una brisa de muermo invade la sala, el silencio empieza a oírse.

—Os propongo un juego —digo. Se quedan calladas—. Consiste en adivinar el pasado.

—¿El pasado? —pregunta Raquel.

—Sí.

—Pero, ¿cómo?

—Ven, túmbate aquí —dejo que se eche por completo en el sofá—. Ahora cierra los ojos y cuenta hasta diez.

Transcurre un momento y dice: «Ya».

—Muy bien. Esto lo aprendí en Estados Unidos. Empieza a hablar desde donde recuerdes, lo que te pasó con cuatro o cinco años, lo que sea, anécdotas, putadillas, cosas tuyas. Charo y yo tomamos notas en un papel y luego te contamos cómo fue tu infancia.

—Vale —sonríe.

Cierra los ojos y empieza su relato, con la cabeza apoyada en un cojín. Los pies enfundados en unos calcetines de lana amarillos, unos pantalones de *lycra* negros y un jersey color mostaza. Un pañuelo de gasa que le da una vuelta al cuello.

Roxanne se pega a ella, las dos acurrucadas mientras la habitación se inunda de palabras.

Tomo la mano de Charo, y nos vamos en silencio a la habitación.

Nos metemos en la cama.

Cierro la puerta con cuidado.

A lo lejos se oye la voz de Raquel contar la historia de una tía suya en un cumpleaños, que le regaló un huevo de chocolate.

Nos quedamos dormidos.

—¡Cabrones!

Es lo más suave que nos llama cuando se presenta en el cuarto. La figura de Raquel con el gato cogido en los brazos resulta tierna y excitante al mismo tiempo.

Golpeo la colcha y la invito a venir. Se acerca con la mirada baja, sin decir nada.

Deja el gato en el suelo y se cuela entre las sábanas.

Y aquí estamos los tres, mirando un plafón blanco opaco, como de hospital, que rompe la geometría del techo en lo más alto de la habitación.

—Sigue contando lo de tu tía y el huevo... —improviso.

Se echa a llorar, agarrándose a mi pecho.

Charo le acaricia el pelo.

—Venga, cariño, son cosas tontas de cuando éramos pequeños. Olvídalas —trato de calmarla.

—La muy zorra se lo montaba con mi padre —comenta entre hipos.

—Míralo desde el lado positivo, al menos no lo hacía con desconocidos.

Nos echamos a reír los tres.

Me levanto a preparar té.

—¿Hace un parchís?—digo de camino de la cocina.

—Vale —contesta Raquel.

Se arropan con la colcha. Cotillean. Ya no hablan de cuando eran niñas, sino de sus quince años.

Raquel y su primera vez. Fue un verano de colonias. Agarrada al monitor que consiguió enseñarle la diferencia entre sus ingenuos tocamientos durante la siesta y lo que de verdad ocurría cuando unos dedos sabios se deslizaban lentamente, por debajo de la camiseta con la inscripción del campamento, para tocar sus pechos. Cuando erguida en aquel árbol, las manos se pegaban a la espalda de un recién licenciado que pasaba la época estival acariciando jovencitas recién salidas del coro de un colegio de monjas. Allí, con los ojos cerrados, entendió que algo, no sabía qué, la obligaba a separar las piernas para que entrara la cintura de este muchacho, para sentir la prenda del bikini de nylon mojada por su excitación, con la humedad todavía del último baño. Clavada por el roce, su cabeza daba vueltas de placer, sin saber cómo sería de otra forma.

Raquel le habla de todo esto, mientras cogidas de la mano muestran su solidaridad.

Charo le cuenta lo de una amiga en el viaje fin de curso de COU.

Compartían habitación y quizás deseos. Una noche de vuelta al hostal, ella, que había probado todos los chupitos en un bar del casco viejo de Salamanca, se acercó a Charo.

Las dos cayeron borrachas en la cama. Se desnudaron, casi sin querer reconocerlo apretaron sus muslos, sus labios, unieron los pubis, frotándose. Por turnos, recorrieron con los dedos el elástico que separaba la carne de las bragas, hasta rozar con las yemas un orificio cerrado oscuro, que suavemente masajeaban con la ayuda del flujo blanco, espeso, recogido de otro interior. Dilatándose al compás de agitados jadeos, danzando tumbadas el movimiento de las caderas. Sudaban de dolor y de placer. Juntaron besos en la boca y pezones al ritmo de sus manos. Gemían, pasaban sus lenguas por el cuello, chupaban con ansiedad y ternura lóbulos perforados. Estaban arriba, excitadas, sedientas, deseosas de no terminar nunca, aquello les resultaba tan nuevo como placentero.

Acabaron avergonzadas, distantes.

Al día siguiente, de vuelta en el autocar, una separada de la otra.

Se intercambiaban miradas cuando otras chicas comentaban, «Anda que ayer, con quién dormiríais las dos. Estábais bien cargaditas, guapas». Ellas miraban el paisaje, esperando que el turno de preguntas fuera para otras.

Son las confidencias de dos mujeres en la cama años después, ya adultas, desinhibidas, satisfechas de haber vivido esas experiencias que nunca habían contado a un hombre.

Así están, son dos alumnas nuevas el primer día de clase, asustadas, compartiendo goma de borrar y lapicero.

Raquel le susurra al oído que una tarde de primavera, jugando al rescate, se había escondido en un bloque en construcción. Uno de los chicos le invitó a refugiarse debajo del hueco de una escalera. Temblorosa se agachó con él, era un lugar estrecho, oscuro y con polvo.

No tuvo tiempo de nada, cuando quiso darse cuenta sus labios estallaban contra los de Javier.

—Aquello fue un beso de pasión, por no llamarlo de violación —dice entre risas mientras le cuenta a Charo—. También deseo y morbo por el lugar.

Él tocó su pecho liso, ella paseó su mano delicadamente por el miembro rosado y nuevo del chico más guapo de los que hasta entonces había conocido. Él le pidió que lo masturbara, ella movió la mano de arriba abajo; él dijo que más deprisa, rápido y la acompañó enseñando la técnica a la asustada Raquel.

Ella recordaría los ojos cerrados de Javier, cómo de su

boca salían gemidos entrecortados, hasta que tras uno de ellos notó sus dedos mojados de un líquido blanco que había surgido con una fuerza que nunca hubiera imaginado. Trató de quitárselo inmediatamente, limpiándose en una columna de hormigón con corazones de tiza pintados.

No sabía qué significaba aquello, solo quería salir corriendo de allí. Después de unos segundos el muchacho cayó desplomado sobre sus brazos, como si hubiera muerto.

Y esa noche en su casa le ha recordado la escena, y la evoca abriendo las piernas, metiendo sus dedos hasta donde vuelve a sentir aquellas sensaciones, recordando el rostro de placer de Javier, y aquel edificio en obras donde se escondieron.

Estados Unidos 1989

Flamingos no era precisamente el bar de las estrellas.
Era un lugar de homosexuales y heterosexuales de toda
clase y color.

Creo que llegué el primero. Eché un vistazo, pero no vi
ni a Ernesto ni al otro poli que le acompañaba en el Biancora. Estarían vacilando con los coches.

En el Queens no se había dado nada mal, pasé casi la
mitad de lo que me dio Bill. La otra parte en un club de *jazz*
lleno de yupis ansiosos.

Estaba sentado cuando alguien me habló en la oreja.

El tipo rubio.

Ni me acordaba.

—¿Qué tal? —dijo.

—Bien, ¿y tú?

—¿Esperas a alguien? —Llevaba un pantalón de cuero,
una camiseta beige y cazadora de ante.

—Sí, a un par de amigos —contesté.

—¿Qué te parece? —Señaló con el vaso el ambiente.

Moví la cabeza. Dos tíos muy cerca de nosotros estaban morreando.

—¿Vienes por aquí? —pregunté.

—Cada semana. ¿Nos vamos? —Agarró la punta de
mi cinturón.

—Claro, voy a esperar diez minutos —bebía mirando
la pista de baile.

—Muy bien —sacó un cigarro del paquete de Winston Light. Mientras fumamos sonaba a todo volumen *Relax*.

Pensé «al par de maderos se les ha dado mal, aparecerán más tarde y estoy harto de este sitio. Mañana arreglaré cuentas con Bill».

Nos largamos. Cogimos su coche y zumbamos por la carretera interior de la costa.

—Hazte unas rayas —sacó de la guantera una bolsita blanca.

El salpicadero de madera y los asientos negros.

—Cuando paremos.

Nos desviamos por un estrecho camino particular que iba a dar a una casa de planta baja. Pulsó un interruptor y la verja metálica se abrió. Un jardín, una vereda de piedras. Avanzamos con las luces apagadas, muy despacio. Llegamos hasta un muro vegetal. Quitó el contacto del coche y me dio un beso en el cuello.

—Vamos, tío, muévete — en el llavero se balancearon los aros de un Audi.

Salí.

Una terraza inmensa con tumbonas blancas. Plantas en enormes macetas de barro.

Perfumaban el jardín naranjos, palmeras, ficus, jacintos y flores de regaliz.

Desde aquella colina se podía ver el mar.

—¿Qué bebes? —le oí decir desde el salón. Sus pasos sobre la tarima.

—Jack Daniels.

Me quedé mirando la línea azul salpicada con destellos brillantes provocados por el agua de la piscina.

—Ve cortando —me tiró la bolsita.

Una luz cálida inundaba la estancia. Lámparas de pie desprendían tonos amarillentos suaves. Puso música, Sam Cooke sonaba en el cielo. Una cubitera de plata con hielo.

Sobre la mesa dos rayas, enfrente la luna robando oscuridad a la noche.

Con un billete de 20 pavos, le ofrecí el tiro.

En menos de tres segundos aquello había desaparecido.

Se tumbó en una de las hamacas. Bebía *bourbon* y seguía la canción desafinando ligeramente. Me senté cerca de él en uno de los escalones. Puse mi cabeza sobre sus piernas.

No se oía nada. Una brisa transparente refrescaba nuestros cuerpos. Levantó el cristal del vaso para ver cómo el líquido amarillo brillaba. Apuró la copa, me cogió de la cintura, subimos a la primera planta de la casa. Una habitación con un gran ventanal. Muebles de los cincuenta en madera, libros de fotografía, un cuadro de Mapplethorpe, columnas de CDs. Me quité la camisa. Fui al baño a por una ducha de agua fría y gel neutro.

Cuando salí en un albornoz negro, llevaba en la piel gotas de Calvin Klein.

Vi a David desnudo sobre la cama, excitando su miembro con una mano, en la otra la bolsa de cocaína. Puso un poco de polvo en su lengua y empezó a lamerme el glande.

Yo, de pie con el batín de algodón abierto; él, de rodillas, abriendo y cerrando la boca.

Eran cerca de las 7 de la mañana, las primeras luces llenaron la habitación.

Su cuerpo por el efecto del sol en su piel, parecía brillar. Pasé mis labios al final de su hombro. Estaba sudando.

«Cuando dos cuerpos de hombre se unen, no hay pesadillas, solo sueños». Saqué el libro de la estantería lo puse encima de la mesilla.

Me di un baño.

De un armario cogí una camiseta blanca limpia, enganché los vaqueros y me largué andando hasta la carretera.

Paró una camioneta.

—¿Dónde vas, vaquero? —preguntó un tipo con una gorra de béisbol al revés.

—A la ciudad.

—Sube.

El día era claro.

Fui en busca del coche. En un supermercado compré galletas, leche y fruta. Cuando abrí la puerta de casa eran casi las diez.

En el contestador un mensaje de Bill.

Como siempre, esa noche estarían en el Biancora.

Ni Charo, ni Raquel, ni Roxanne me hacen caso.

Estoy tumbado en el dormitorio, pensando cómo salir. El armario revuelto de ropa, unas zapatillas de verano, la cama deshecha y un cenicero lleno de colillas.

Debajo de la puerta se filtra una luz tibia acompañada por el eco de voces femeninas.

Sentadas en el sofá, Raquel mira una revista y Charo se lima las uñas lentamente.

La gata corretea por el salón siguiendo insectos imaginarios.

—Qué vida, niña —Charo habla sola—; la verdad es que nunca imaginé que pudiera estar tan tranquila, aquí con vosotros, sin pensar en el trabajo, sin prisas. Firmaría por quedarme así siempre. La ilusión de cualquiera es vivir sin dar ni golpe. Tener un par de amigos con quien charlar y estar en un lugar agradable. Podía haberme ido de vacaciones a la playa, podía haberme ido a Cartagena, podía haberme quedado en mi casa, pero... ¿Tú crees en el destino?

—¿Destino?, no lo sé. A veces mucho, otras en cambio mejor ni nombrarlo.

—Pues mira, aquí estamos. Juntas. Compartiendo unos días. Podía estar en todos esos sitios y estoy aquí. ¿No te parece excitante pensar en otras situaciones? Es verdad que he elegido. ¿Será el destino?

Calla. Pesa un silencio de años en el comedor. Por el ventanal se cuelan trozos de tarde. Las horas pasan de largo, sin mirar; no encuentran obstáculos, solo se pierden, una detrás de otra lentamente.

Raquel apoya la cabeza en las rodillas de Charo.

Pegó un salto, me pongo de pie y declaro:

—Chicas, nos vamos.

Se desperezan lentamente.

—¿Qué dices? —contesta Raquel con los ojos medio cerrados.

—Nos vamos —añado.

—¿Adónde?

—A la sierra.

—No, por Dios, a la sierra no —contesta Charo.

— ¿Por qué no?

Se miran y se echan a reír.

—Vamos a pasar la noche fuera. Veremos la nieve. Nos sentaremos frente a una chimenea y nos emborracharemos.

—Vale —dice Raquel entusiasmada.

Se levanta y coge a Charo por los brazos para levantarla.

—Corre, que no le pillamos en otra.

Se cuelga de mi cuello y me da un beso. Charo me abraza por la espalda.

Vamos hacia la habitación, agarrados, unidos.

Empezamos a prepararnos. Pantalones, jerseys. En media hora estábamos listos.

Cojo la libreta y la pluma negra.

Dejamos la gata con la casa para ella sola.

Cuando nos ve partir, mira delicadamente hacia arriba.

—Sí, Roxanne, tienes el plato rebosante de galletas, al lado está el agua. Además te he puesto tierra limpia, así que no vengas con esos humos. Chao —Raquel le tira un beso con la mano.

Un día después. Otra vez en casa. Tarde de resaca-sierra.

Perdemos el tiempo en la pequeña mesa del salón, sentados en la alfombra, jugando al parchís.

—Me toca —dice Raquel, nerviosa—: Un cinco, como a Charo y cuento veinte.

Ya tiene el trocito de plástico en la mano para empezar su carrera por los rectángulos.

—Nada de eso, saca una ficha de tu casa, estás obligada —le digo

—Quien gane, baja a por cervezas —Raquel desvía la conversación. Una de sus fichas está en peligro.

—¿Quien gane? —pregunto

—Sí —Charo mira ahora el tablero más detenidamente.

Con veinte duros, no se puede llenar el frigorífico. Bajo la escalera a saltos. En la bodega de la calle Cervantes cojo un *pack* de seis botellines no retornables y un Ribera de Duero. En el quiosco, tabaco y chicles.

Doy una vuelta por la plaza. Las luces de las farolas le dan otro color al mundo. Las primeras putas de la noche empiezan a tomar posiciones. Un coche de policía aparcado enfrente de un local en venta. El teatro abre sus puertas.

Miro a la gente sin prisa, a los coches y a una pareja sentada en un banco después de la lluvia.

Cuando vuelvo a casa, todo está en silencio.

—¿Hay alguien?

No están en el salón, tampoco en la cocina.

Entro en la sala de estudio.

Raquel se riza el pelo con un dedo, memorizando algo sentada en la silla.

Se vuelve de pronto.

—Tonto, me has asustado —se quita los cascos y gira para verme.

Pongo las manos en su cuello. Me da la espalda. Empiezo a darle un suave masaje.

—Ahí. Ahí. Sigue.

—¿Y Charo?

Muevo las muñecas. Ella descansa.

—Hum, hum, continua, no te pares.

—Ahora vuelvo.

Abro la puerta del baño.

—¿Ya estás aquí? —Descorre la cortina de la ducha, su cuerpo brillante entre el vaho y el agua caliente.

Me fijo en su pubis, triangular, lleno.

Cojo un poco de gel, lo extiendo por su pecho. Bajo los dedos haciendo círculos hasta el vientre. Me doy la vuelta, abro un armario metálico, saco el aceite Johnson para niños y vuelvo al estudio con Raquel.

—Ahora sí —le digo mientras el aceite flota en su piel.

Ella solo dice:

— Hum..., Hum...

Estados Unidos 1989

Allí sí sabían comer. Me acerqué a la pequeña tienda de cuero y compré unas botas de media caña, peladas y suaves como la brisa del oeste. No parecía un *cowboy* legendario, más bien un ridículo turista con algo de encanto.

Podías cruzar el pueblo en menos de treinta minutos. Soplaban los callejones claros como el día. Un bar con unos cuantos vecinos, la máquina «Buena suerte» y una jarra de café hirviendo. Sobre la barra, huevos, beicon y pan de leña.

Me alojé en la pensión más barata.

Yo esperaba nada en aquella cama, viendo crecer las estrellas, pensando en Madrid, recordando a los compañeros de la redacción. Jodido por la oferta que me habían hecho para estar aquí.

Miraba por la ventana, a lo lejos una carretera comarcal y ráfagas de luces intermitentes.

Me apagaba de vez en cuando.

Escribía. Lloraba sobre la colcha de la cama, giraba de un lado a otro el dial de la radio, intentando escuchar una canción que me partiera. Tristes emisoras que te devuelven la memoria.

Pensé en Jorge Álvarez, uno de los comentaristas especializados en música de garaje.

Aquí, los disyoqueis hablaban y hablaban, como reverendos predicando Dios y Gloria.

Me quedé dormido cuando el polvo y la saliva se juntaron en mi garganta.

El aire fresco del desierto me despertó.

Bajé la persiana. Las primeras luces del sol se reflejaron en la pared de la habitación.

Cerveza, un par de tortillas, carne, café y cigarrillos.

Caminaba por Tulare como un borracho en busca de pelea. Aquel pueblo me había puesto nostálgico como ningún otro.

Cogí el coche. Allí sí sabían comer.

Empecé nueva ruta, me largué como había llegado, dejando atrás un letrero de color azul cobalto. Sobre el capó motas de polvo multiplicándose. La carretera y horas de sol con asfalto, una buena combinación para tomar con hielo.

Quien quiera conocer este camino que lo diga, nunca le acompañaré.

Perdidas historias con un único final, dejar que todo corra hasta encontrar el rótulo de un motel y una gasolinera donde parar a repostar.

Aquí casi todo el mundo es desconocido.

Madrid 1990

Estoy junto al ventanal, mirando a la calle.

El teléfono mudo. La tele apagada. Me acerco al cristal, la respiración rompiendo el vaho.

En una mano, cerveza. En la otra, miseria. Siento la tristeza de la noche.

Ni Raquel, ni Charo, ni Roxanne hablan.

Vuelvo a la habitación, enciendo el flexo, aparto los libros de Raquel. Saco el cuaderno de notas para leerlo de nuevo. Lo sé de memoria, pero no importa. Tengo que encontrarlo.

Charo se acerca a la cocina, prepara una ensalada, corta lechuga y tomates. Raquel abre unas latas de atún. Roxanne se lava la cara con la pezuña dando vueltas al hocico.

—Me encantan las ensaladas con manzana y salsa rosa —mezcla el aceite con la sal.

—A mí, si ponen unos trozos de piña, me gusta más. ¿Sabes?, me acuerdo de Juan, no sé si soy idiota o qué —lucha con el abrelatas.

Charo se queda un rato pensando, con el cuchillo en la mano. Abre el grifo para lavarse y dice:

—No te preocupes, suele pasar ¿Por qué no le llamas?

—Es que no tiene ni idea de dónde estoy ¿Como se va imaginar esta movida?

Charo mezcla los ingredientes con una cuchara grande. Seca con una Spontex la encimera.

—Eh, tengo una idea: ¿Qué te parece si cenamos y después nos vamos a tomar una copa?

—Siiiií, a la mierda el cuerpo de fiscales. Vamos a decírselo a Eduardo —pega pequeños saltitos.

Se acercan bailando hasta mí.

Raquel me mira, desafiante.

—Mueve el trasero, que nos vamos a tomar una copita. Un par de tías buenas esperan para lucirte por lo garitos y que recuperes el tono de Madrid después del exilio USA.

—Lamento que un par de tías buenas esta noche tengan que salir solas a tomar la tensión a la ciudad. Yo me quedo aquí.

Volví la vista al cuaderno.

—¿Qué dices? —Pregunta Raquel enfadada.

—Me quedaré aquí bebiendo y oyendo «Música Privada». Este es mi plan para hoy.

—Muy bien. No esperes despierto.

—Divertíos.

—Eso es lo que haremos —dice Raquel —Cuida a Roxanne, la pobre no aguanta que su amita la deje sola.

—Sí, sí, tranquila. Quizás mañana comamos gata con piña.

—O Eduardo con bechamel. Ojito con la niña.

Raquel se desnuda, coge un sujetador carmín de la maleta y va hacia el baño.

Lo veo cuando pasa delante de mí, lo va exhibiendo.

—He cambiado de opinión —dije en broma.

Charo se asoma al salón girando unas braguitas negras sobre su dedo índice.

—Te lo pierdes todo, como siempre.

Sonrío, apuro de una calada el cigarrillo.

Al cabo de una hora salen como dos reinas en busca de aventura.

—¿Dónde es la fiesta chicas? —digo apoyándome en el marco de la puerta.

—Puede que sea aquí —contesta Charo.

—No hagáis mucho ruido cuando regreséis.

—Si no estamos a la hora de comer, échale unas croquetas a Roxanne. Para esta noche le he dejado el cacharro lleno.

—Pasadlo bien.

Adiós y hasta luego fueron las últimas palabras que dicen al salir.

Cierro, pongo en el tocadiscos a Esclarecidos, apago la luz.

Me siento en el sofá, la gata sobre mis rodillas. La acaricio y pienso en ella con trozos de piña y manzana.

Echo unos cubitos de hielo en el vaso, unas gotas de pacharán y vino blanco hasta el borde. Allí tumbado todo gira más despacio. Cojo el libro de Ignacio Vázquez Moliní *Un saxofón en el lavabo*. Sus versos suenan más extraños, casi referidos a mí:

PONE EL REGRESO DE NUEVO ALAS A SU MENTE PEQUEÑA

Ahora también cansada, no busca Refugio ni campos abiertos. No tiene que salvar distancias Para con nadie juntarse, ni de Nadie escapar; ni siquiera del Mundo grande de los sonidos cortos.

Estados Unidos 1989

Lavar coches no es el mejor trabajo del mundo, pero era dinero sencillo. Le dije al encargado de la gasolinera que quitara el cartel: me quedaba con el puesto.

Un mono amarillo usado, una descolorida gorra azul y unas botas de agua del cuarenta y tres eran mi uniforme.

—Eh, muchacho, hazme un buen trabajo. Voy a una convención de vendedores de electrodomésticos y quiero que el coche esté brillante —me dijo un hombre delgado con un traje a rayas y el pelo casi blanco.

—Sí señor, todos sus compañeros le tendrán envidia cuando le vean llegar.

—Eso espero, pero date prisa —dijo mientras caminaba hacia la máquina de bebidas.

—Está hecho —grité.

Las horas pasaban. Un coche tras otro.

Dejaban unos pavos de propina y gente desconocida en el asiento de atrás.

Allí me hice amigo de Samy, un tipo negro como el petróleo de Texas.

—Ey, Eduardo, ¿de dónde vienes? —Me preguntó.

—De España.

—¿España? ¿Y eso dónde queda? ¿Cerca de New Jersey?

—Más lejos, Samy, Más lejos.

—¿Bromeas?

—En Europa.

—¿Europa? ¡Cielos! Eso sí lo aprendí. Está en el atlas al otro lado de la página.

—Sí, un continente tan grande como Estados Unidos.

—No te creo, muchacho. Soy casi analfabeto, pero no tonto. No hay nada más grande que los Estados Unidos.

—Sí, desde la península Ibérica hasta parte de la URSS es Europa. ¿No has oído hablar de Francia, Alemania, Italia, Checoslovaquia, Hungría...?

—Para, para, chico. ¿Me crees un ignorante? Claro que sí. Lo dimos en la escuela de adultos —dijo Samy.

—No le hagas caso, nunca ha ido a la escuela —comentó el encargado—. Lo más lejos que ha llegado ha sido al pueblo indio.

—Sr. Dikson, se confunde, yo he viajado mucho —protestó Samy.

—Sí, es cierto. Te he visto mover el dedo por todos los Estados ahí, sentado delante de un mapa —contestó el jefe del lavadero con gesto de indiferencia.

Samy cogió el trapo, terminó de pulir uno de los faros metálicos del Ford aparcado en batería.

Pasaban ruedas de todo tipo, desde las de los camiones de media carga, hasta las de caravanas pintadas con grafitis.

Los días corrían como las pequeñas tormentas de arena.

El patrón disfrutaba.

—Chicos, alegrad esas caras, mañana hay trabajo.

Después de esas tormentas la gente iba a lavar el coche.

Eran las cinco de la tarde, Samy tenía el día libre, y el *boss* llamó para decir que el partido de la televisión era más importante que oír mi aburrida conversación en español.

No había jaleo a aquella hora, de vez en cuando ráfagas de automóviles que no paraban.

Estaba solo, sentado a la sombra escuchando la radio local.

Escribía unas cuartillas, la línea del horizonte era un paisaje amarillo.

Un par de policías con motos se acercaron al olor del agua. El más alto se lavó la cara, el otro sacó chicles de la máquina. Los dos tiraron hacia el este.

En medio, la carretera de asfalto negra, la línea amarilla.

El coche iba despacio cuando puso el intermitente, lo vi venir, dejé las cuartillas y esperé sentado. No se dirigió ni al surtidor ni al túnel de lavado. Estacionó cerca del área de descanso. Salió del coche.

Tendría cuarenta y cinco años. Morena, pelo teñido rubio, no muy alta. Llevaba algo en la mano.

Me puse de pie.

—¿Puedo ayudarle, señorita?

Me tendió la petaca.

—¿Tienes algo de beber?

Le señalé la máquina de Coca-Cola.

—Joder, algo de alcohol.

—No, está prohibido.

—No te hagas el tonto, sé que todos tenéis para uso privado.

—Lo siento...

Se tumbó en mi silla, enroscó el tapón de la botella, la dejó encima de la repisa de la ventana. Deshizo el nudo del pañuelo al cuello para quitarse el sudor, pasándolo entre los pechos.

—Este maldito desierto...

Me senté en el suelo, la espalda apoyada en la pared.

—¿Viene de lejos?

—Llevo tres días conduciendo —su vista se perdió en el azul de un cielo en llamas.

Cerró los ojos. No se oía nada.

Subí el volumen de la radio. Tardó un par de minutos en hablar.

—¿Dónde está el servicio?

Hice una seña con el dedo. Fue al coche, enganchó un pequeño bolso de mano y caminó a los lavabos.

Me senté en la silla.

«35 grados de temperatura. Las 5 y 20 minutos de la tarde. Lo mejor que puedes hacer ahora es beberte un 7up», dijo el locutor. Y añadió: «ahora música fresca».

Me bajé la visera de la gorra, cerré los ojos.

—Eh, muchacho —gritó desde el cuarto de baño de mujeres.

Fui lentamente hasta allí.

Esperé en la puerta.

—¿Ocurre algo, señora?

Detrás se oyó el pestillo. Abrió. Asomó la cara.

—¿Tienes jabón?

—Todo el que quiera, aquí lavamos coches.

Me acerqué al servicio de los tíos, cogí una pastilla. Volví y golpeé la puerta.

—Tome —le tendí el brazo con el jabón.

—Pasa.

Hacía un calor de fundición, denso y aplastante.

Se había quitado la camisa y estaba en sujetador. Mientras se lavaba las axilas, preguntó:

—¿No te aburres aquí solo?

—A veces —escondí la ridícula gorra azul en el bolsillo trasero del mono.

Se miraba en el espejo, aclarándose con el agua.

—Alcánzame un poco de papel, ¿quieres?

Le di ese áspero papel de los servicios de las gasolineras. Empezó a secarse.

El claxon de un coche me reclamó. Una pequeña furgoneta parada ante el surtidor de gasoil. Llené el depósito. Al salir a la carretera levantó un poco de polvo.

Me dirigí de nuevo al WC de mujeres.

Se había quitado la falda, estaba reparando y limpiando los bajos.

—No hacen lugares cómodos.

Sacó de la pequeña maleta unas bragas.

Me acerqué a ella, le sequé el sudor del cuello con el pañuelo.

Se volvió para bajarme la cremallera del mono y el slip.

Echó el pestillo a la puerta. Le abrí las piernas. Me sentó en la taza del váter.

En aquel infierno a 45 grados de temperatura se movía de un lado a otro mientras golpeaba su culo con la palma abierta de la mano, llena de anillos con calaveras en estaño y plata. Se quitó uno de los pendientes de aguja. Comenzó a pincharse los pechos suavemente, con el otro perforaba su espalda. Me obligó a azotarla en la parte del cuerpo amoratada.

——Más fuerte, muchacho — dijo

Se corría a cada manotazo, yo me excitaba, empujaba con más fuerza.

Ella encima, presionando los labios del coño sobre mi polla estirada como un amortiguador. Me agarraba del pelo, subiendo y bajando, la espoleaba de todas las maneras, cada embestida con más furia.

Gritaba con placer. Me corrí. Bajó su mano, frotó el clítoris conmigo dentro, iba deprisa, frenéticamente deprisa.

Lanzó un chillido final agudo y largo.

Se paró. A los pocos segundos, con la respiración aún entrecortada, sacó de la bolsa el vaporizador del tubo del desodorante, lo metió entre sus piernas y empezó a masturbarse de nuevo salvajemente.

Yo seguía sentado en la taza del váter con el miembro hinchado, azul. Ella mirando de reojo aceleraba, mi mano agarrada al manojo de venas arriba y abajo tan rápido como la muñeca podía.

—Más deprisa, cabrón, me corro. Salpícame, estoy aquí —su cara, desfigurada por el placer, como en un video porno barato, saliendo y entrando del plano cada segundo.

Me corrí entre el paladar y su garganta, cogió el semen con un dedo y lo distribuyó por sus encías.

Aquello era una caldera a punto de explotar. Cuando todo acabó, me lavé, el agua salía turbia, alguna tubería reventada por el calor, las oxidadas cañerías no aguantan tanto sol.

Salí de allí.

Alcancé unas latas que el viento empujaba de un lado a otro para tirarlas en el bidón de las basuras.

Bebí cerveza. Antes de irse, Belén me señaló en una guía de hoteles uno en el que pasaría la noche. Ciento cincuenta millas al este.

A las nueve, puse la cadena a la estación. Cogí el coche y al salir a la carretera levanté un poco de polvo.

Algunos faros de frente. Viejas casas abandonadas, uralitas y chapas metálicas a punto de emprender el vuelo.

Entré en aquel pueblo. Por la emisora, Madonna. Luces de neón. Un muchacho de vaqueros rotos me indicó la situación del hotel. Pregunté por ella.

«Habitación número 10, pero no está». Me había dejado la llave.

Colgué la bolsa. Salí a tomar un bocadillo en un *snack* bar al otro lado de la calle. Volví a la habitación. Eran cerca de las doce. Vi un poco la televisión. Me quedé dormido.

Hay sueños que te golpean toda la noche. Pensé en estrechar a esa mujer de nuevo, romperla por el sitio donde nacemos. Me excitaba imaginando volver a coger sus pechos, mi lengua entre su cráter salmón.

También pensaba en Samy, el Sr. Dikson, en los policías y en el vendedor rumbo a una convención de tipos ambiciosos.

El aire acondicionado mandaba ráfagas del Norte, los muebles de aquella habitación parecían figuras animadas diciéndome que me largara.

Belén no había vuelto y yo seguía pensando en ella.

Golpeó la puerta a las cinco de la madrugada.

—Hola, muchacho —dijo.

Cerré, me fui a la cama. Se acostó desnuda agarrándome por la cintura. Le di la espalda para seguir durmiendo.

Casi era mediodía.

Levanté la persiana. Tomé una ducha, el agua fría y a borbotones.

Terminé de vestirme.

Me acerqué a su bolso, saqué de la cartera unos cuantos dólares.

Paré en recepción, le dejé una nota.

«No hacen sitios cómodos».

Cerca de allí la autopista hacia el sur.

Golpeaba el volante mirando hacia atrás por el espejo retrovisor.

Me detuve a llenar el depósito, comprar unas chocolatinas y lavarme la cara.

Un muchacho se acercó.

—¿Le limpio el parabrisas, señor?

Madrid 1990

He pasado la noche escribiendo. Acabé con la bebida y el tabaco. Roxanne va de un lado a otro. Hace un buen rato que Paul Young dejó de sonar, pero sus canciones todavía flotan por los rincones de la habitación.

Sobresaltado por el último sueño miro el reloj de la mesilla. Las diez y veinte. Charo no estaba en la cama. Raquel duerme en el salón. En la mesa, pulseras sin brillo y un par de pendientes.

Pongo la leche al fuego. Mientras hierve, me afeito con una eléctrica de batería.

Las noticias. Gabilondo con algunas preguntas, la lluvia cayendo.

Como casi todas las mañanas.

Bajo a comprar comida y unas botellas.

La portera me pilla antes de traspasar la puerta. No hay forma de escapar.

—¡Hijo!, ¡hijo!

—¿Sí? Buenos días.

—La vuelta de tus cuentas. ¿No has oído esta noche el escándalo que traían?

—No.

—A las 5, vino la policía.

—¿Aquí, a la casa?

—No. A la plaza. Han encontrado a un chico muerto cerca del aparcamiento. Hubo un jaleo de miedo.

Se limpia las manos con un delantal de cocina.

—Me han dejado esta carta certificada para ti, el cartero ya ni sube. Toma.

La guardo en el gabán, salgo a la calle.

La plaza cubierta de agua, el tráfico.

En la inmensa lona amarilla de un andamio el grafiti de Muelle.

Los bares que de noche son territorio de nadie, ahora son inmensas farolas apagadas, esperando el tumulto, viendo partir a los últimos náufragos. Las esquinas con manchas de vómitos del amanecer. Un perro deja trozos de pulmón en la acera.

Las dulces palomas beben en charcos diminutos.

Otra vez en casa, desde esta ventana sin ruido, nada es igual.

Una versión del *Adagio* de Albinioni suena fuerte, potente, triste, melancólica, tatuando los sentimientos.

—Roxanne, escucha, escucha.

Veo llover tras los cristales. Me acuerdo de Bécquer, de Larra.

De los borrachos de Madrid.

De los enfermos de amor como yo.

Estados Unidos 1989

Caminar por la ciudad de los tesoros. Entrar en galerías de arte. Frecuentar lugares de moda, recorrer travesías con nombres extraños. Beber hasta reventar.

Ni yo ni Mick sabíamos qué era aquello.

Paramos en un *snack*, rótulos de color y ríos de coches estancados.

Pedimos cerveza y dos hamburguesas.

Sentadas en una mesa cerca del mostrador, una mujer negra y una niña, tenían los ojos brillantes, como de haber llorado toda la noche. Ella, con un pañuelo cubriéndole la cabeza. La pequeña, con unos alineados dientes blancos se limpiaba la boca, mojando los labios con el papel de una servilleta.

A Mick y a mí, la suerte nos sonreía y teníamos ganas de charlar.

Él era hijo de una familia polaca llegada hace muchos años, había nacido aquí. Me contó el exilio de sus padres, la huida de Europa.

Mick era reverendo evangelista. Profesaba una fe ciega, como el que descubre pepitas de oro en el arroyo que está frente a su casa. Iba rumbo a una colonia religiosa y llevaba en la carretera cuatro días intentando llegar lo antes posible a su comunidad. El sábado era el día grande, tenía lugar una gran reunión de fieles, todos esperando oír al maestro en la llanura de un páramo, una tierra inhóspita, pelada.

Estaba en el segundo grado, ya podía predicar en público para difundir sus creencias.

—Eres católico —dijo.

—Así es.

—¿Practicas tu religión?

—No. Hace tiempo que dejé de asistir a la iglesia.

—¿Te encuentras bien? ¿No echas en falta algo? ¿No necesitas la ayuda de Dios?

—A veces. Cuando estoy abajo pienso en ello. Solamente a veces.

—Debe de ser muy triste vivir de esa manera. Para mí sería inconcebible no poder creer en nada, estar solo.

—Mi espiritualidad está en las cosas de cada día, Mick. En lo que siento, lo que quiero.

—Un planteamiento muy materialista, Eduardo. Necesitas encontrar algo mejor. Él también es para ti, ¿Por qué no lo coges?

—Gracias, estoy bien así. Cuéntame de ti. ¿Cómo te iniciaste en esto? Polonia es un país católico...

—Mis padres nunca me lo perdonaron. Fue tremendo, romper con ellos y su fe en Cristo. Comencé a salir con una chica en la escuela. Su padre era evangelista. Iba a casa de ella, sentí como su familia vivía en armonía a través de su religión. Se respetaban, se querían. Para mí aquello fue un descubrimiento, una luz. Allí había amor. Me contagié de su entusiasmo, les acompañaba a los actos litúrgicos, acabé metiéndome más y más. Fue lo mejor de mi vida. Ann, su muchacha, pasó una mala experiencia en la escuela. Estudiábamos juntos con mi ayuda. Cada vez pasaba más tiempo en su hogar, con la Gran Familia, así llamaba la señora Akerson a nuestra unión. Formaba parte de todo aquello.

—¿Qué ocurrió? —pregunté intrigado.

—Las cosas no fueron bien. Ann encontró un chico

que la arrancó de su mundo, se fue a vivir con él, a recorrer la nación en una caravana.

—¿Y tú?

—¿Yo? Era incapaz de reprocharle nada, estaba tan unido a sus padres… Me querían, lamentaban la situación, pero realmente no podían hacer nada. Cada sábado rezábamos por Ann en la iglesia. Muchas noches cenaba con ellos en casa y ayudaba al Sr. John a preparar sus homilías. Cuando maduré, empecé la evangelización por pueblos y pequeñas ciudades, solo, con la Biblia y unos cuantos dólares.

—¿Volviste a saber de ella?

—Sus padres reciben cartas. Se ha casado. Tiene un niño. Es feliz.

—Al menos no se equivocó.

—Sí, eligió el camino correcto. Dios la ha perdonado gracias a nuestras oraciones. Espero que todo le vaya bien.

—¿Has conocido a otras mujeres?

—No. Mi misión es transmitir la palabra del Señor. Llevo una vida austera, y de momento no están en mi cabeza. Sigo amando a Ann.

—¿Pedimos otra cerveza?

—Bueno, eso no está prohibido.

En aquel *snack* entraba y salía gente como en una estación de trenes.

Miré hacia los grandes ventanales.

Al otro lado,coches aparcados, camiones, furgonetas, papeleras.

Le di un empujón a Mick y nos largamos rumbo a su gran encuentro.

Al salir encendí un cigarro, eché un vistazo a la mesa. La mujer y la niña seguían allí, esperando nada.

Mientras leo *El País*, oigo el ruido de la llave.

La cerradura salta. Veo entrar por la puerta una estupenda figura, aunque más desbaratada que la noche anterior.

Es Charo. Lo primero que hace es dar un empujón a los zapatos y dejarlos volcados en el centro del pasillo. Se sostiene con un balanceo sospechoso al quitarse la gabardina. Parece cansada. En su cara no queda rímel ni carmín. Se acerca, pone las manos sobre mis hombros, me da un beso en la cabeza. Yo, sentado en el sofá, miro hacia arriba.

—Buenos días. ¿Quieres una taza de café?

—Quiero una ducha y cama.

—Muy bien.

Se va del salón. Me quedo con el periódico abierto. Luego la sigo.

Charo se desviste lentamente sentada en la cama.

Le tiendo mi taza. Sonríe. Bebe a pequeños sorbos, la deja en la mesilla, se tumba sobre las sábanas.

—¿Y Raquel?

—Está durmiendo.

Le quito el *panty* negro. Desabrocho el sujetador y las copas huelen a sudor ácido.

Recorro la fina prenda negra hasta sacarla por los pies veo una mancha blanca en la toallita de algodón de sus bragas. Saco de las muñecas las pulseras y el reloj.

La cubro con su bata de seda azul, la empujo por la espalda hasta el cuarto de baño, abro el grifo del agua caliente. La desnudo desde los hombros y el vaho empieza a empañar el espejo.

—Buen viaje.

Echo un poco de gel en la bañera.

Es una sirena triste varada.

Cierro la puerta.

Estados Unidos 1989

Aquello no era una estación de lujo. En bancos de madera dormían los borrachos. Un par de tipos con mochilas esperaban sentados en el suelo. Un hombre negro fumaba una colilla y recitaba versos justo enfrente de la máquina de refrescos.

En el baño de aquel lavabo me quité unas cuantas horas de no haber visto el agua, mientras un joven bastante entrenado empezaba a limpiar los váteres a golpe de *walkman*.

Salí a coger el autobús para ir al centro de la ciudad, un lugar movido, decía Jim.

Aún conservaba algo de *bourbon*, pegué un trago, vacié la botella, y la dejé en una papelera llena de todo.

Como solía hacer en los sitios grandes, me dirigí a la universidad.

Miré los anuncios de vivienda.

Cogí un par de números de teléfonos para pasar algunas noches.

El apartamento no estaba mal, quizás un poco desordenado y en un barrio donde los turistas no llegan.

Al fin podría tirarme en una cama y darme una ducha. El frigorífico tampoco funcionaba.

En aquel agujero vivían dos tipos: Jim, estudiante de arte, y Sid, un loco actor de segunda que intentaba colarse en algún club de pase fijo para seguir viviendo.

Pero quien me abrió la puerta fue una chica rubia muy jovencita.

Creo que había hablado con ella por teléfono.

—Hola. Vengo por lo de la habitación.

—Pasa. Soy Susan.

—He traído algunas cervezas.

—Ponlas donde puedas —dijo.

Se dirigió a una pequeña cocina empotrada.

—¿Vives sola? —pregunte.

—No, yo no paro aquí; Jim y Sid son los dueños de este barco.

—Hum, muy bien ¿Qué haces?

—Estoy llevándome unos libros —cogió el mando a distancia, barrió los canales hasta pararse en la MTV.

—Vengo haciendo un trabajo sobre el comportamiento del estudiante americano en su tiempo de ocio —dije para salir al paso de preguntas como ¿qué estudias?, ¿de dónde eres? y todo eso.

—Ah, sí, no me digas. Yo empezaré Sociología el próximo trimestre. ¿Qué estudias?

Mierda.

Le conté mi historia.

La segunda pregunta fue muy previsible:

—¿De dónde eres?

No quería mentirle. La tercera, directa:

—¿Qué tal lo llevas con tus padres?

Abrí una lata de cerveza, respondí.

—Todo lo mal que se puede llevar un matrimonio, y todo lo bien que se pueden llevar un par de amigos. En nuestro país, un joven sale de casa tarde, la vida es cómoda y confortable con los viejos ¿no crees?

—No. Mis padres se divorciaron hace dos años. Vivo con mi madre, me protege mucho, cree que soy una de esas niñas..., tengo 17 años y soy feliz. Conozco a gente interesante, tengo cuidado con la ley y me gusta mi padre. Él es abogado, tiene una novia o a lo mejor solo es la tía con la que se acuesta, me da igual, la conozco, es genial. Mi madre me empuja para quedarme con ella, sus historias sobre buenos y malos. Mi hermano Robert es un loco de los videojuegos y no tiene las ideas claras. Yo sé lo que quiero conseguir. ¿Entiendes?

—Sí —dije mientras encendía un cigarro—. Sí, claro que lo entiendo —me dispuse a oír un acto de campaña del partido demócrata norteamericano.

—La vida aquí es diferente que en la España que nos contaba Hemingway en *Fiesta*, imagino que los problemas, las situaciones, son iguales en todo el mundo. Estoy orgullosa de pertenecer a este país. Últimamente estamos un poco desorientados, pero el espíritu de nuestras ideas reside en el corazón. Estoy en contra de los gastos de defensa, creo en la igualdad, milito en una asociación contra la discriminación racial, voy a todos los conciertos benéficos que puedo y creo en el aborto como una opción personal. Ahora se abre una nueva era y tenemos que estar preparados. Hay cambios en la Unión Soviética, podemos ayudarles. Soy fiel a nuestros principios de elegir para vivir en una nación libre. Me gusta Madonna y la música clásica en general. Estudio, leo a los nuevos escritores norteamericanos, salgo con chicos mayores que yo, porque creo que ellos pueden aportarme cosas nuevas. ¿Entiendes?

—Claro —dije hundiéndome en el sillón.

—Si no, para qué vale vivir. Hay que exprimir la naranja hasta que no quede una gota. La vida no es solo comer, dormir cada día y tener algo de sexo. Espero ir a la universidad y hacer alguna cosa que realmente merezca la pena, algo por los demás, ¿sabes?

—Muy bien —comenté.

—Y tú, ¿cómo ves todo esto?

—Bueno, yo estoy de paso. Conozco algo de vuestro país, algunas personas y lo que he leído. Al otro lado hay gente que disfruta de su vida de una manera diferente. Hoy aquí, mañana no lo sé, soy una persona sin rumbo. Escribo, observo, vivo como puedo. Creo, Susan, que eres una mujer muy segura de lo que quieres, pero hay gente que no es así.

—Ya, ya lo sé. Te darás cuenta cuando conozcas a Jim y a Sid. Es gente como tú, vais a llevaros muy bien. Bueno, te dejo, tengo que ir a casa. Toma mi número de teléfono, ven a verme y seguimos charlando.

—Muy bien.

Se levantó, cogió los libros y se largó.

Me quedé en un apartamento que no sabía ni de quién era, ni quién vivía en él.

Apagué la tele, fui al baño. Era mi primera ducha en territorio de nadie.

Estaba tumbado con el walkman puesto, dormitaba como una anciana sentada en el porche. Alguien abrió la puerta.

Era un tipo moreno con el pelo muy corto.

Me miró, levantó el pulgar y dijo:

—¡Eh tu!, mueve los zapatos, nos vamos. Este es un lugar para no perder el tiempo. Soy Jim.

Me quité los cascos para saludarlo.

Miró la cazadora de cuero que había dejado encima de la silla, se acercó a una chapa que ponía «Oficina del Defensor del Soldado». Eran dos muñecos, uno representaba al mando le salía el pecho, el otro era un soldado cayéndole los huevos.

Le hizo gracia, pidió permiso para quedársela. Dije que sí y me tendió un pitillo.

—¿Te gusta? —preguntó mirando las paredes de la habitación.

—Claro.

—Estupendo. Vamos a buscar a Sid, es el otro tío que vive aquí. Esta haciendo un bolo en el club «Las Hormigas Borrachas».

Cogí la chupa, salimos escaleras abajo. Hablamos.

—¿Eres español? Yo tengo abuelos o familia española. Mis viejos llegaron a Estados Unidos más tarde. Viven en la Costa Este. Yo estudio Arte ¿Qué mierda haces aquí?

—Escribo. Tengo una ayuda para estar un año en el país. Llevo recorridos algunos kilómetros.

—Bien, tío, bien, aquí la vida es sencilla. Nos levantamos tarde. Algunas fiestas, algo de estudio, alcohol del bueno y sobre todo, nada de drogas. Una vida sencilla.

—Entiendo —dije.

—Son 20 pavos al mes, ¿lo sabes?

—Sí, lo vi en el anuncio. Cuando llegué estaba Susan, estuvimos charlando un rato.

—Joder, Susan, bonita chica, pero habla demasiado, ¿no te parece?

—Está preocupada por su futuro.

—¿No me digas que te contó la historia de sus viejos, hacer algo grande, la gente que vive sin preocuparse, todo ese rollo?

—Sí.

—He oído esa charla cientos de veces. Vamos. Es aquí.

El lugar era una caja de cerillas con recovecos a un lado y a otro. Muy parecido a las «Cuevas de Sésamo», en Madrid. Me acordé de Valeriano el barman y de don Emilio, el pianista de la mandíbula rota.

Había gente sudando. Jim se abrió paso, logramos colarnos hasta una puerta pintada de negro. Era el camerino. Apenas ocho metros de paredes con pósters de estrellas del *rock*, una escalera de mano, estanterías con botellas y un olor a humedad denso.

Entre unas cajas de cerveza, delante de un espejo, estaba Sid.

Terminó de ponerse una larga pestaña,se volvió y gritó:

—¡Hijo de puta!

—Espera, espera. Luego me cuentas. Este es Eduardo, se va a quedar a vivir en casa una temporada. Este es Sid, actor estrella reconocido en todos los escenarios de la Costa Oeste. Te haré una pequeña biografía. A los 18 años abandonó su hogar, a los 20 estaba repartiendo marihuana en los clubes de Hollywood; con 22 se consagró como primera figura en el local Sahara, un tugurio de fuerte tendencia intelectual representando «Cuatro hombres agarrados a una tabla». Y aquí lo tienes, con 24 años, la persona con más gancho y sentido del humor de toda la ciudad. Yo soy su representante.

—Hola —dijo Sid.

Le tendí la mano.

—¿Qué tal? —comenté.

—Eres un cerdo y un cabronazo —le dijo a Jim.

—Vale, vale, ¿no ves que tenemos visita? —contestó.

—Os espero fuera —dije.

—Nada de eso, tú te quedas aquí —dijo Jim.

—Joder, tío, era el último gramo. ¿Qué mierda hiciste con él? —dijo Sid.

—Tenía que impresionar a una gatita, pero no resultó —sacó del bolsillo una papelina y se la dio.

—Menos mal, cabrón —suspiró.

—No te hagas ilusiones, no resulto con ella, pero conocí a Julia, una chica caliente, asquerosamente viciosa que casi se funde lo suyo y esto. Toma, gilipollas.

Empezó a reír.

Sid abrió el papel plata y el polvo estaba allí.

—Saca un billete.

Jim hizo un tubo, se lo pasó.

Golpearon a la puerta.

—Tu turno, Sid —se oyó desde fuera.

Apuró el corte y le dio el billete a Jim, que aspiró y me pasó la artillería.

—Nos vamos. Estaremos tomando cerveza.

Cerró de un portazo.

Había gente en la sala. Sid estaba allí, como un novato con los ojos brillantes, contando historias cortas.

Aquella noche no la olvidaré jamás.

Eran casi las 8 de la mañana, parecíamos tres sombras de arriba abajo.

Paramos a tomar las últimas en una cafetería.

La camarera nos vio venir, se ajustó el delantal.

—Hola, chicos, ¿qué va a ser?

Se echaron a reír. Pedí tres cervezas.

—Eh, tío, ¿cómo follan las mujeres allí? —preguntó Sid.

—Como las de aquí, por delante y por detrás. Tienen un par de lugares interesantes entre las piernas.

—Sid, ¿de verdad no lo sabes? Creo que se te olvidó preguntar algo a tu padre —añadió Jim.

—Cuéntanos, ¿cómo son las tías? Me han dicho que son tan calientes como las mexicanas.

Nos reíamos, la cerveza caía. Estábamos casi solos.

—Dime, cuando vaya a España ¿me llevarás a ver la casa de Gaudí, la obra de Picasso...? ¡Qué hostias!, ¿hay hierba? —preguntó Jim.

—Sí, como en todos los sitios —dije.

—Voy al servicio —Sid se levantó tambaleándose y golpeó una silla, que rodó por el suelo.

—Jodido actor.

—Bueno.

—Lo sé. Aunque ser representante también tiene su trabajo. ¿No te parece?

—Sí. Es lo más duro.

Estábamos cerca de casa. Nos paramos es un semáforo. Jim comentó:

—Sid, esta tarde voy a vender sangre, ¿vienes?

—No, tengo aún dinero, creo —se palpó la cartera.

—¿Vienes? —Me miró.

—Sí, sí claro —contesté.

—Cuando despertemos, nos acercamos a por unos pavos.

Eran cerca de las cuatro. Sonó el teléfono, nadie se levantó. Aquél cacharro seguía molestando, di un salto y descolgué el aparato.

—Diga.

—Hola ¿Está Jim?

—Voy a mirar.

Entré en la habitación. Vi a Jim y a Sid juntos en la cama. Me acerqué y moví su hombro.

—Jim, es para ti.

Lentamente, abrió los ojos:

—¿Quién coño llama a estas horas?

—No sé.

Salió desnudo. Cogió un cigarro de la mesilla, se rascó los huevos, enganchó el teléfono mirándose las uñas.

Acabé en la cocina calentando un poco de agua para el té.

Luego al baño. El agua caía como fuego.

Terminé de vestirme, me tumbé en un sillón del cuarto de estar.

Paseaba con el mando a distancia de un canal a otro.

Estaba con una revista cuando entró Jim.

—Nos abrimos.

—Muy bien —contesté.

—Hoy vamos a la clínica de los ricos, al otro lado de la ciudad. ¿Qué te parece?

—Tú mismo.

—Pilla la chupa. Adiós, Sid —gritó.

La calle, los coches, los edificios y gente.

Cogimos un par de autobuses, acabamos en no sé dónde.

—Bueno, tienes tus papeles ¿eh? —dijo.

—Sí, claro, los llevo siempre.

—No abras la boca. ¿Ok?

—Ok.

Llegamos a las «donaciones».

—Vamos a ver a cuánto está hoy el tema —susurró.

Jim tenía ficha. Se fue a una habitación.

A mi me dijeron que había una ley en aquel Estado que no permitía donar sangre a los extranjeros.

Habíamos quedado en el centro comercial de enfrente para reponer fuerzas.

Allí le esperaba con una cerveza en la mesa.

—¿Qué tal? —dije.

—No ha estado mal, ¿No ves qué cara se me ha quedado? ¿Y tú?

—No me han dejado vender.

—¿Por qué?

—Una mierda de ley para extranjeros.

Pedimos algo de comer. Jim estaba por los suelos.

Nos fuimos, este jodido tío había quedado con Leslie en la Cuarta Aventura.

Empezaba lentamente la noche.

Madrid 1990

Madrid sigue ardiendo.

En la habitación, una lámpara con dos locas rompiendo anillos manchados.

Escribo, escribo no sé ni para quién, ni para qué, pero no paro de gastar tinta en mi historia, esta historia que ni siquiera es de amor.

Encima de la mesa tengo un sobre, una carta con un resultado que no quiero leer.

El membrete es del Hospital General de Santa Fe. Me hundo entre lágrimas.

He abierto una lata. Bebo.

Roxanne pasea por las habitaciones husmeando las mentiras, se acomoda junto a un radiador, duerme el sueño de los celosos.

Charo, en la cama, apenas deja ver su tobillo, un pequeño ratón asomándose.

Cerca, Raquel escondida entre la almohada, vigilando sus pesadillas, pintando las paredes con trazos gigantes.

Es agrio el sabor de la mentira, como lo es no encontrar el camino para salir.

Busco el momento, el punto de contacto. Escucho los acordes de la ciudad, silbo canciones de tan lejos. Cómo, cuándo, dónde, ecos que suenan en el baño, en la cocina, en la escalera, en mí. Si el tiempo pasa no lo siento, solo oigo el ruido de las cuartillas acumulándose una tras otra.

Casi amanece.

Recostado en el sillón, miro el techo, devoro otro cigarro.

Una ligera luz se cuela despacio por la escalera, anunciando un nuevo día.

Aquí estoy para ti, dice.

El agua de la cisterna suena como el paso de un tifón en el trópico, seco y abundante.

Raquel recoge el libro de Rafa Rodríguez *Caramelos y Sonrisas*, tirado en el suelo, abierto por un verso leído en silencio, «mi cama se aburre por las noches y yo intento hacer surf en tu corazón».

Prepara algo para el desayuno.

—¿Qué tal? —me dice apoyada en la puerta.

—Bien —contesto sin ganas.

Saca mantequilla, zumo de naranja.

—Charo no ha pasado una buena noche —digo.

—Me largué cuando sacaban la décima botella de cava. Era una fiesta de gente que se iba al Tíbet en un par de semanas a rodar un reportaje. Como siempre, muchas mujeres y algunos hombres. A Charo se le pegó un tío que tenía muy buena pinta.

—¿Y tú?

—Yo acabé con un yuppie de una agencia de publicidad. Una de las personas que les ha conseguido dinero para la expedición. No estaba mal, solo que me recordaba a Juan. ¿Se preguntará dónde estoy?

—¿Por qué no le llamas?

—A la mierda. Espero que esté jodido, muy solo en su casita.

Echo café en una taza, la invito a desayunar.

El día despertó bonito, pero ciego, igual que el patio interior de aquella habitación.

Cojo a Raquel por la cintura, beso su nuca.

—¿Tú qué has hecho?

—Estuve escribiendo, charlando con Roxanne.

—Vaya amistades que te buscas —mira a la gata, que parece sonreír.

Voy hasta la habitación. Veo a Charo, rota.

Le doy un beso en los labios. Despierta.

—Nena, te has quedado... —digo, sacándola de un sueño.

—¿Y Raquel?

—En la cocina. Duerme un rato más.

Me apoyo en los ventanales. La luz de la ciudad invita a salir. Pongo a Gloria Laso. *Luna de Miel* envuelve la casa, un plano de película Almodóvar.

Raquel está en la ducha.

Roxanne se acurruca junto al radiador, y yo, sentado en la alfombra, escucho la melodía, dulce voz de amante.

Estados Unidos 1989

Vi *Mistery Train* en un cómodo cine, comiendo palomitas. Parecía un vagabundo en la noche de Memphis, escuchando oscuros *blues*, coros que anotaba en la cabeza, viviendo otras aventuras.

Una ciudad lejana en medio de dos cruces. Uno me lleva al Este, el otro a casa.

Aparqué el coche en un camping de gente que parecía sacada de Woodstock del 74.

Entré a la cantina. Bebí cerveza mientras escribía en mi diario, que estaba sucio y cansado, como yo.

Oscurecía, la luz de ese lugar se cargó de humo y alcohol.

Acabé dormido en la mesa de madera.

Alguien me empujó por la espalda con el palo de una escoba.

Levanté la vista.

Una mujer gorda con un cigarro en la boca me dijo:

—Cerramos.

Cogí las notas y me largué.

Las tiendas de campaña tenían vida dentro, claroscuros que se confundían, siluetas.

Fuera, un fuego medio apagado con tíos sentados en corro, fumando hierba.

La luna brillaba, era una puta solitaria en medio de una calle pidiendo más trabajo para esa noche.

Encendí un cigarro cerca del río, el agua esperaba mansamente la llegada del nuevo día.

Tiré el saco debajo de un árbol, miré a las estrellas.

El calor pesaba como mis lágrimas.

Amaneció pronto, las luces claras se confundieron con un paisaje desolador de tiendas de lona, gente tirada en mantas, coches llenos de polvo.

Del tejado del bar salía una columna de humo anunciando nuevos desayunos.

Un pescador se apoyó en una roca y recogió con torpeza el sedal con el anzuelo vacío.

Llevaba un gorra roja. Repitió el lanzamiento, esta vez lejos de la orilla.

Hacía fresco, subí la cremallera del plumas. Cerca de mí, dos figuras se contoneaban entre jadeos apresurados con el silencio de la mañana.

Me acerqué al río para mojarme la cara, até el pañuelo al cuello y subí por la vereda que daba entrada a la cantina.

Una mujer gorda con un cigarro en la boca me dice: «¿El especial?».

Digo que sí y en un momento aparece con una bandeja llena de comida.

Solo, en aquella mesa de madera.

Una radio blanca suena. La temperatura, la hora, una música suave que parece inundar el paisaje. Desde la ventana veo a un tío dormido en un coche descapotable y a una chica con la cabeza en sus rodillas.

El sol gana terreno, baña el río de luz.

Pago, recojo unas cuantas servilletas.

El motor rompe el sonido del viento. El polvo del camino deja atrás otra noche.

Unos kilómetros de sendero, árboles, ruidos, al final, una carretera igual que tantas otras.

Miro el mapa.

Con el bolígrafo trazo una nueva ruta.
Por los altavoces del coche suena Jonathan Richman.
Golpeo con mis manos el volante siguiendo su voz.

Madrid 1990

Es media mañana, salgo a la calle. Compro el periódico. Me acerco a una tienda de discos de segunda mano. Descubro un viejo vinilo de Los Panchos repleto de boleros. Lo cojo.

Las aceras despuntan brillos inacabados de agua.

Ando como un experimentado minero hacia el pozo.

Entro en el supermercado, me llevo carne, fruta y bebidas.

No hay dinero en el banco. Regreso a casa.

En la puerta me recibe Roxanne, más infeliz que nunca.

Dejo las bolsas en la cocina, voy a la habitación de Raquel.

Está estudiando, con una mano hace lo de siempre, se riza el pelo. Con la otra pasea por las hojas de unos apuntes manchados, como yo.

Lleva una camiseta negra ceñida, una tímida luz entra provocadoramente.

Voy hasta su silla, la empujo.

—¿Qué haces? —dice divertida.

—¿Quieres bailar conmigo?

En el equipo de música empieza a sonar *Alma, corazón y vida*.

La cojo entre mis brazos.

Nos movemos al ritmo de unas guitarras tristes y una garganta desesperada.

Aprieto las manos a su cintura, noto sus tetas en el bolsillo de mi camisa.

La gata nos mira sin entender nada. Subo la camiseta, empiezo a descubrir su espalda.

Soplo su pelo, presiono mis dedos en su carne.

Gira la cabeza, nos encontramos con los labios, dulces roces en su cuello.

Besa, besa con ansiedad.

Desabrocha los botones del vaquero, me lleva de la mano hacia la cama golpeándome con su cadera en un gesto de complicidad.

Allí abajo empezamos a conocernos, mientras Los Panchos siguen persiguiendo melodías tristes.

Desnudos, ella llora, acariciándome el pecho.

—He leído lo que escribes. Es demasiado triste.

—No más que otras cosas.

—¿Otras cosas?

—Sí.

—Eso que cuentas, ¿lo inventas, o ha sido verdad?

—De todo un poco. Suelo contar lo que pasa.

—¿Por qué esa obsesión melancólica? ¿No hay cosas bonitas?

—No sé contarlas. Escribo para mí.

— Nadie escribe para si mismo, Eduardo.

—Hay que intentarlo, Raquel.

—¿Por qué estamos aquí? Juntos, mirándonos, sin conocernos.

—¿Te has hecho esa pregunta cuando te has ido con alguien la primera vez?

—Es distinto.

—Quizás necesite la ayuda de un buen abogado. Yo confiaría en ti.

Son casi las tres de la tarde.

Seguimos tumbados.

Charo duerme en otra habitación.

Silencio en casa.

Estados Unidos 1989

Es imposible una aventura nueva sin terminar otra. Era una ciudad grande.

Salí con ella un par de semanas. Para Carla «lo nuestro» iba en serio, para mí era una cuestión de supervivencia.

La conocí cerca de la playa, en un *snack* al lado del parque acuático.

Era camarera.

Acabé en aquel lugar tomando una cerveza y unas notas.

Me dio el cambio, la miré a los ojos, pregunté a qué hora salía.

—¿Hora? No hay horario para una camarera. Normalmente sobre las seis.

—Me paso luego.

—Aquí estaré.

Cogí unos frutos secos de un plato, me fui.

Nunca pensé que acabaría tan tirado. No me quedaba ni un pavo, el cheque del trabajo llegaría en una semana y tenía hambre de dos días.

Caminé por la playa y estuve mirando el agua. Algunos bañistas, chicos jugando con platos de plástico que volaban, jovencitas bebiendo Pepsi a ritmo de *walkman*.

Decidí ir a una institución de caridad, restaurantes sociales que lavan las calles de gente como yo.

Cerrado, como si la necesidad tuviera horarios.

Me enrosqué en la arena e intenté dormir, solo había que esperar tres horas en el mejor de los casos.

Hacía calor. Soñaba con gente de Madrid, amigos que han quedado atrás.

Las historias parecían lejanas, como si nunca hubieran ocurrido. La vida que ahora tendría si no me hubiera ido de un bien pagado trabajo en la constructora del padre de mi ex mujer, de toda aquella gente que había perdido por el camino. Todo volvía en forma de recuerdos intermitentes, fugaces, de mi cabeza al estómago.

Si iba a salir con una chica y buscaba algo, tendría que estar presentable. Me vendría bien una ducha, una camiseta limpia y un afeitado. Me acerqué a un hotel de turistas, después de unos minutos tenía mejor aspecto. Metí los trastos en el coche, fui al *snack*.

Carla salió sin su uniforme de camarera.

Yo estaba esperando en una tapia de piedras, mordiéndome las uñas.

Me vio desde la puerta. Se acercó. Sus primeras palabras fueron:

—¿Qué hora es?

—Las seis y media.

—Hoy hubo suerte.

Moví la cabeza. Pregunté si le apetecía ir al parque central.

Estuvimos caminando. Al final del paseo de tierra nos sentamos debajo de un gran árbol sobre la hierba rasurada. Las ardillas comían de la mano de las *Chicas de Oro* locales, que no paraban de reír y atiborrarlas de chucherías. Estaban gordos los animales, como los peces del estanque.

Toqué el césped con la palma de la mano.

Miramos a un grupo de jóvenes subidos en bici y otros dando vueltas a un tubo de cemento sobre un patín. Deslizándose entre las aceras, ciclos de colores, y sobre ellos, chicos que miraban la vida de una forma diferente.

—¿De dónde eres?

—Mi mamá, de México. Mi papi, peruano. Yo, de aquí.

—¿Estás con ellos? —pregunté asustado.

—No, viven en el DF. Me quedé en Estados Unidos con la excusa de estudiar. Tengo un trabajo de supervivencia dos días, por la mañana voy a la universidad, los sábados y domingos doblo turno en un restaurante. Vivo en un apartamento que comparto con Encarna, una niña cubana. Sus padres viven en Miami, y ahora está de vacaciones con ellos.

—¿Tú no vas a México?

—No, estoy mejor aquí. Hago un curso de especialización sobre literatura española del siglo XVII para acumular créditos. En navidad voy a casa. Aquello es tan aburrido.

Apoyados en el tronco del árbol mirábamos la verde línea del horizonte.

Me sonaron las tripas escandalosamente, parecía que allí abajo se hubiera instalado la Vieja Trova Santiaguera repasando sus 50 años de éxitos con todo el son de la isla dentro.

—Hace días que no como. Creo que la última vez que lo hice, algo debió sentarme mal. Llevo toda la semana fastidiado con el estómago. Pero hoy me encuentro mejor —dije sin convicción.

—¿Qué haces en Estados Unidos?

—Escribo y viajo.

—¿Qué escribes?

—La verdad es que no lo sé. Lo que está ocurriendo cada día.

—¿Por qué no vamos a casa así me hablas de España?

—Muy bien.

Carla tenía un bonito apartamento con mucha luz, dos cuartos y un salón con cocina incorporada. Entró en su habitación.

—Espérame, tardo poco. Come algo si te apetece, ahí tienes el frigorífico.

Salió con un chándal de felpa rosa muy ajustado, se metió en el baño.

Aproveché para mirar la nevera, abrí... ¡Joder, era vegetariana!

Verduras, zumos, fruta, compuestos vitamínicos... Lo más decente que había era un trozo de pan integral. Me acerqué al aseo, le pregunté:

—Carla, ¿te importa que haga algo para cenar?

—¿Eh? —contestó.

Abrí la puerta, asomé la cabeza.

—¿Comemos?

—Bueno. No tengo carne ni nada de eso, no me gusta.

—Voy a preparar una cosa típica de España, a base de verduras, lo habrás oído nombrar...

—¿Qué es? —murmuró con el champú en la cabeza.

—Se llama gazpacho, me sale muy bien.

—Ok.

Cerré la puerta y salí disparado hacia la cocina.

Había aceite vegetal, vinagre, ajo, tomates. No tenía pimentón pero lo suplí con una salsa para verduras de color rojizo. Eché el pan integral, el agua y lo metí en el congelador.

Mientras, mordisqueé unas zanahorias, mazorcas de maíz, bebí un litro de zumo de naranja. Al fin iba a comer algo sólido.

Cuando Carla apareció, ya estaba puesta la mesa.

La acompañé hasta la silla en un gesto galante. Anochecía.

Saqué el gazpacho, serví en un tazón unas cuantas cucharadas...

—Basta —dijo.

—Pruébalo, no te vas arrepentir.

No era el mejor gazpacho del mundo pero me sabía como cientos de caramelos en la boca de un niño.

Ella tímidamente se lo acercó a los labios, hizo un gesto y comentó:

—Está muy sabroso. Pero yo tengo que seguir con mi dieta.

Se levantó, abrió la puerta de un armario de cocina, vi un calendario con los días de la semana, la comida y cena que correspondía.

Carla no estaba gorda.

—Entiendo, por mí no hagas excepciones.

Echó en un plato comida seca de una caja. Verduras y una manzana.

Sabía que Carla no me convenía.

Noté el estómago lleno, el momento parecía sonreírme.

Recogí la mesa. Nos sentamos en el sofá. Ni café, ni cerveza ni tabaco.

¿Cómo puede sobrevivir esta gente?

Le conté de mi país. Ella escuchaba emocionada y yo hablaba y hablaba. Ella, asombrada, servía más agua mineral en los vasos, yo estaba casi borracho.

La noche entraba oscura, no había luz en la habitación. De fuera llegaba una claridad de farolas y estrellas turbias.

En aquel sofá me desnudé tratando de que alguien oyera. La hija de una mexicana y un peruano derramó una lágrima sin querer.

La abracé. Me cogió por la cintura.

Parecíamos dos hojas recién caídas después de una tormenta.

Bajé la mano y le quité el cinturón del albornoz, la brecha de la prenda dejó al descubierto un tanga de color rosa pegado a su piel tostada.

Pasé mis labios por sus mejillas, hablé a su oído con dentelladas suaves, acompañada de besos frescos.

Ella cerró los ojos, se abría paso levantándome la camiseta, pellizcando mis pechos.

Se dejaba disfrutar. Mecí mi barbilla entre sus tetas, succioné los pequeños pezones que apuntaban al techo gritando.

Bajé mi boca a la tirilla de nylon que ajustaba a su cadera la prenda de algodón, besé su pubis recién rasurado escondido detrás de unas diminutas cabezas de Mickey Mouse que estampaban las braguitas limpias.

Dulce, brillante de aceites, bronceada.

Con un suave movimiento estaba sobre mis rodillas. Desabrochó el pantalón vaquero ojal por ojal, con su mano corrió mi *slip* hacia un lado, introdujo el miembro por la pequeña y mojada ranura donde se forma el cristal blanco. Allí, agitándonos, su redondo culo sobre mis piernas, subiendo, subiendo.

Agarré su cintura de papel de regalo y empujé suavemente hasta romper su mitad, una pertenecía a un continente de espumas, la otra a una orilla dulce donde el mundo se había parado con dos pasajeros dentro.

Chillaba cerrando los ojos, me tiraba del pelo, mordía el lóbulo de la oreja haciéndome daño.

«Ya me vine» decía, «Ya me vine».

Era vegetariana.

Raquel salta de la cama.

Coge a Roxanne entre los brazos y camina con ella hasta el cuarto de baño.

Me estiro, dejo atrás las sábanas, salgo en busca de Charo.

Todavía sigue durmiendo como una niña buena, acurrucada y tranquila.

Voy hacia la cocina, el calentador hace ruido.

La gata vuelve a su sitio, tumbada en el sofá anuda misterios que nunca llegaremos a comprender.

Estoy afeitándome cuando Raquel me dice:

—Me voy.

—Qué dices...

—A la mierda todo, la oposición, mi gata. Me largo. ¿Puedes quedarte con ella?

—¿De quién escapas, Raquel?

—No lo sé.

—Aquí tienes tu casa, tus amigos, tus historias. ¿Crees que más allá hay algo mejor?

—Quiero saberlo.

—Eso mismo pensé yo. Escapé para encontrarme. Y al final... No merece la pena.

—Ya no me queda nada. Lo he perdido todo, la ilusión de estudiar, a Juan...

—¿Todo? Yo he perdido la vida.

—¿La vida? Acaso esta mierda de vida, ¿es para conservarla? Llevo 28 años preguntándome cuándo acabará esto. Estudiar, buscar un trabajo, un marido, traer unos cuantos niños. Sufrir, llorar, tener malos momentos y luego ¿qué?; siempre luchando, recuperando posiciones que días antes habías tomado. Ser una buena esposa, o un buen profesional, una buena madre, una buena puta, ser siempre algo bueno.

Termino de quitarme la espuma de la cara.

El agua golpea la piel como sus palabras.

—Me miro en el espejo, siento el tiempo. ¿Estaré perdiéndome sola?

—Raquel —digo—, en la habitación, encima de la mesilla hay una carta de Santa Fe.

Vuelve con ella en la mano. Temblorosa, asustada. Me pregunta si es cierto.

Abre el grifo, mete la cabeza de bajo, se moja nerviosamente la nuca y los labios.

—¡Dios!

Raquel, Charo y Roxanne, la tarde pesa como los sentimientos comprimidos de las tres.

Me pongo la gabardina, bajo a la calle.

La plaza fumigada de recuerdos, soportando día tras día las miles de historias contadas. Los cafetines rebosantes, húmedos. Escondidos tras los visillos, los nuevos poetas escriben versos preparando el final, siempre el final de su inacabado libro. Unas chicas en la barra apuran vermuts, fuman Ducados, esperando recuperar aquellos apuntes que hace meses dejaron.

Las ruedas resbalan por el asfalto, las luces rojas producen destellos limpios, fríos, como los semáforos de la calle. Parpadean las siluetas, los buscadores de carne andan hambrientos de una acera a otra, intentando conseguir la mejor presa. *Sex-shops*, pensiones de representantes. Todos ofreciendo mercancía barata, enferma. Mi paso es inseguro como el de un anciano.

Voy a Chueca, plaza encantada de yonquis y travestis, lugar único para merecer lo peor de las pasiones. Vómitos en la acera, cuero negro, rímel.

En la oscura noche de Madrid se recomponen los cuerpos buscando contactos personales de cualquier tipo. Refugiados marroquíes trafican con la mejor de sus sonrisas. El caballo anda solo por las calles, hay jinetes con remaches que aprietan los estribos al ruido de las sirenas de policía.

En los restaurantes de 800 pelas con olor a frito perpetuo, se dan cita los últimos de la pirámide buscando lo más barato, la comida social, un rito de camaradería que nace cuando dos acaban su tercera botella de vino. Juntos recuerdan aventuras que quizá nunca tuvieron lugar. Desabrochan sus corazones sin dar tiempo a la verdad. Mentiras y trozos de tortilla. Nadie busca nada.

La calle Libertad, antiguo refugio de anarquistas. Casas como tumbas que han conocido panfletos revolucionarios hechos en el silencio de la larga noche de un general con alzacuellos.

Escuelas de danza que repiten una y otra vez los mismos pasos. Las niñas indefensas se doblan ante una barra buscando las estrellas.

Restos de basura, vuelvo solo.

Tomo una caña.

La luz de la casa sale al paso de las nubes que han descargado soplos de Apocalípsis.

Charo me espera en el pasillo; al ruido de la puerta se acerca, me abraza, la gata se asoma como si lo hubiera entendido todo.

Raquel, sentada en el sofá, saca de una caja pañuelos blancos llenos de lágrimas.

Los tres, como en un cuadro romántico, apuramos cigarros y silencio.

Me acerco al tocadiscos, pongo a Carlos Gardel, *Arrabal amargo* suena más triste todavía...

Arrabal amargo, metido en mi vida como la condena de una maldición. Tus sombras torturan mis horas sin sueño tu noche se encierra en mi corazón.

Estados Unidos 1989

Pasar una noche en comisaría para algunos es una rutina. Un abogado de oficio me sacó de allí. Él no tenía muchas ganas de trabajar ni yo de irme. Estaba tan mal. La mañana salió de traje blanco, pajarita roja y botines marrones como el viento del otoño, seguro de golpearlo todo.

Caminé hasta la estación de autobuses.

Dormí sobre el banco, quemando mis sueños.

Pedí unos pavos entre los viajeros.

Saqué un billete, a no sé dónde, solo quería abandonar aquella ciudad.

Cuando llegamos a mi destino el conductor me empujó en el hombro: «su parada».

Aquello era un cruce de carreteras, un páramo seco, abierto, con olor a tierra muerta.

Me senté debajo de un cartel, esperando.

Las horas pasaron.

Hacía calor, tenía sed.

Salí a una de las desviaciones, puse el dedo, algunos coches corrían sin rumbo.

Al fin paró un camión largo,de color gris metálico.

—¿Adónde vas, muchacho?

—Adonde pueda beber un poco de agua.

—Sube.

—Gracias. Me llamo Eduardo. Solo tenía billete hasta este cruce, llevo unas cuantas horas ahí abajo.

—Soy Frank, pero los chicos me llaman Buba —echó mano a una emisora de radio—. Aquí Buba, ¿alguien sabe español?

Tardó, pero al fin hubo retorno.

—Soy Roberto ¿Necesitas intérprete?

—Toma. Habla con él. Roberto, te saluda un español auténtico —añadió Frank.

—Hola, mi nombre es Eduardo. Vengo de Madrid. Estoy de gira.

—Muchacho. Roberto Martínez, ecuatoriano. De padre español, de Toledo. Mi viejo ya no vive, pero tengo familia allá. ¿Qué demonios haces aquí? ¿Te has perdido?

—Escribiendo. ¿Qué llevas?

—Madera.

—Buen viaje.

—Gracias, da recuerdos a la plaza de toros de Las Ventas.

—De tu parte.

—Hasta pronto. Nos vemos, Buba.

Cortó. Iba mirando el paisaje, todo era distinto, desde allí arriba se veía la carretera de otra manera, con kilómetros de antelación, el asiento era confortable, la radio no paraba de mandar señales.

—Pon una cinta. Pararemos en SUSI. Toma.

Me acercó un termo. Agua fresca.

—Gracias.

La música de Chris Rea me relajó, iba pensando en volver a casa.

SUSI era un restaurante de carretera con neones caramelo.

Buba se encontró con otros camioneros, gente del norte, de paso como casi todo el mundo aquí. Estrellaban contra sus bocas beicon, huevos y carne roja.

Buba me contó su vida.

Estaba divorciado, tenía una niña, July, de siete años. La veía de vez en cuando. Trabajaba diez horas al día, su casa era el camión, su mujer la emisora de radio.

Tomamos café. Se colocó un puro para soportar ese sueño dulce y acogedor de la tarde.

Me dijo que si le acompañaba podíamos seguir charlando.

Iba a Socorro, de allí a Santa Fe me sería fácil encontrar algo para llegar.

Le dije que sí.

Tomamos otro café.

Nos pusimos en ruta. La soleada tarde, las líneas amarillas.

Frank, pisando el acelerador en busca de su hija July.

No pasa mucho tiempo.

—¿Cuándo te has enterado? —Quiere saber Charo.

—Ayer llegó la carta.

—Por eso no salías, no hablabas, no querías reír.

—No. Estoy cansado, he estado un año fuera. Tenía ganas de llegar a casa, dormir, ordenar mis papeles, estar tranquilo.

—Sí, con tan mala suerte que en menos de veinticuatro horas vienen a tu casa dos mujeres y una gata —añade Raquel.

—Eso es lo de menos. Me siento bien, vuestra compañía ha sido muy importante. Lo que me jode es que todo esto os haya tocado a vosotras. ¡Qué diréis ahora! Menudo cabrón, se acostaba con nosotras y estaba enfermo.

—No, yo no pienso así. Las cosas se hacen cuando alguien te importa, lo demás es mentira —dice Raquel.

—Pues yo sí. Esa es mi puta sensación. Tengo miedo —confiesa Charo.

—No lo sabía, si no, lo hubiera evitado —digo.

—Bueno, tú nos recogiste —contesta Raquel.

—Y una mierda, no es suficiente con sentirlo. Hijo de puta. —Charo está histérica, traga el humo del cigarro como si fueran bocanadas de oxigeno puro.

—Será nuestra última noche, mañana os vais —añado.

Cierro los ojos. Vuelan sobre mi cabeza cientos de historias, ahora no sé qué decir, me encuentro mal, muy mal.

Aprieto los dientes, enciendo otro Marlboro.

Ellas y yo. Basura para dos.

La noche entra oprimida, recta, a los corazones.

El aire huele a mentiras.

Roxanne cierra los ojos encima del cojín, limpiando sospechas.

—¡Hostias! —dice Charo—. ¿Cómo fue?

Lo repite otra vez en voz alta.

Pregunta sin respuesta.

Me acerco a la ventana, los renglones torcidos moviéndose por la calle, arropados en la acera. Veo sus rostros e imagino sus marcas en las venas, cicatrices solitarias en busca de otro tesoro.

—No lo sé. Estoy intentando recordar. Pero no lo sé. Escribí todo lo que hice, en algún lado debe estar, entre las páginas de este cuaderno. Lo he leído mil veces, no lo sé.

—¿A quién le importa? —comenta Raquel apoyada en la puerta de la cocina.

—¡Me importa a mí! —grita Charo.

Se echa a llorar.

—Es portador. No significa nada —dice Raquel. Quizás no le interesa lo más mínimo seguir viviendo, y ahora tiene una excusa para irse.

—No lo comprendes. Lo llevamos dentro, Raquel, lo tenemos. Quiero seguir viviendo. ¡En qué jodido día te llamé, hostias! —Lágrimas de pánico con sabor a Charo.

Está ahí, de pie como una estatua de agua, mirando a través de la ventana, sus palabras me hunden. Una tortura brotando de su boca.

Pienso.

«Sí, en qué hora me llamasteis tú y ella. En qué hora os dejé venir, para compartir vuestra soledad. Hubiera preferido estar llorando. Probando el sabor dulce de vasos de vino. Emborracharme, descuidar mi aspecto, dormir sucio, no comer, no salir, dejar el mejor de mis escritos junto a la cama envuelto en un hilo de sangre saliendo de mi boca, tomando el caramelo más dulce escapando del cañón de una pistola con billete de ida. Estaría quemando mis papeles, mis recuerdos. Pero no, tuvisteis que llegar, darme vida, conversación, placer, amor, risas. Ahora es cuando quiero seguir compartiendo las ensaladas de Raquel y tus espaguetis, Charo. Y que esta estúpida gata, a la que nunca quise en la casa, se quede». Hablo por dentro, viendo luces amarillas.

—Me voy —dice Charo.

Se levanta, me da un beso.

Va hasta la cocina. Coge a Raquel por la cara, se abraza a ella.

—No puedo aguantar más. Me voy a casa —me mira, sigue llorando.

Se va hacia la habitación, su sombra sale por el pasillo. Arranca sus vestidos del armario, los recoge en una bolsa. Vuelve.

—Di este teléfono al tío que conocí anoche. Dios mío, él también… —llora.

Mira a la calle.

Resbalan lágrimas de amor, de frustración.

Suena el golpe fuerte de la puerta.

Charo se ha ido como vino, rompiendo una historia, encerrándose en otra.

Deja atrás dos cadáveres de pie.

Raquel se acerca en silencio, me coge por la cintura.

Aquí estamos, como dos ancianos viendo un eclipse, un eclipse de luna.

Carta Final – Madrid 1990

Aquella noche no la olvidaremos nunca.

Éramos un lienzo. Tumbados en la cama, bebiendo en la oscuridad.

Apretados, juntando nuestros labios, los corazones.

Hacer el amor, llorar. Sobre el parqué hojas de papel escritas, en la mesilla anfetaminas y *bourbon*. Un libro abierto en el suelo, horquillas, restos de piel en la cama mojada.

Horas, días allí metidos, hablando. La gata, hambrienta, egoísta, maullaba en la puerta. La carta de Santa Fe colgada en la pared. Raquel y yo. Bocas resecas. Dentro del cuarto excrementos con olor a final. Vómitos en la alfombra. Huellas de arañazos en el cuello, la espalda. Semen en las sábanas. No se oía nada. Vi sus ojeras negras azuladas por última vez. Mis dedos marcados en su cuello. Sangre en hilos brotando de nuestras muñecas en un canto final.

Éramos dos tumbas.

Aquella noche no la olvidaremos. Nunca.